出雲神々の殺人

西村京太郎

角川文庫
17879

目次

第一章　最後の罠

1

十月十五日の夜、青梅《おうめ》市郊外の林の中で、一人の女子大生が、殺された。女性の名前は、広池ゆみ。S大の、三年生である。

朝になって、死体が見つかった時、その死体の上に、一枚のメモが、残されていた。

そのメモには、一行だけ、こう書かれていた。

〈神が人を殺した。これは、神々の殺人の始まりだ〉

署名は、ない。

十津川《とつがわ》警部と、彼の部下の刑事たちは、若い死体を見つめ、それから、このメモに、目をやった。

メモの文字は、おそらく、パソコンで打たれたものだろう。

「神が人を殺したなんて、ふざけた、野郎ですね」

と、亀井《かめい》が、舌打ちをした。

「自分を、神とでも、思っているんでしょうかね」

「それはわからないが、あとの言葉が、気になるねえ。神々の殺人の始まりだ、と書いてある。もし、この犯人が、自分を神だと、思っているのなら、またどこかで、人を殺すかも知れないいな」

と、十津川は、いった。

死体は、胸を鋭利な刃物で二ヵ所刺されていた。その一つが心臓に達していて、おそらく、これが致命傷だろう。

死体は、落ち葉の上に、横たわっていたのだが、その落ち葉には、血痕《けっこん》が、ついていなかった。となると、犯人は、他の場所で、彼女を殺して、ここに、運んできて捨てたのだろうか？

日が上がるにつれて、少しずつ暖かくなってきた。

死体は、すぐ、司法解剖のために、大学病院に運ばれ、刑事たちは、現場周辺の聞き込みに走った。

死体の身許《みもと》は、簡単にわかった。

広池ゆみの住所は、日野市内にあった。１ＬＤＫの部屋で、家賃は、月六万円。彼女は、そこから、中央線の千駄ヶ谷にある、Ｓ大に通っていた。

二人の刑事が日野市内の、マンションに向かい、他の二人が、千駄ヶ谷のＳ大に、向かった。

青梅警察署に捜査本部が置かれ、十津川は、そこで、聞き込みにあたっている刑事たちの、報告をきいた。

まず、日野市のマンションに行っていた、日下《くさか》と西本の二人が、戻って来て、十津川に、報告した。

「被害者の広池ゆみは、現在、S大の三年生ですが、S大入学とともに、この日野市のマンションに入りました。彼女の両親は、現在、島根県に、住んでおり、住所も、電話番号も、わかりました」

と、西本が、いった。

十津川は、うなずいて、

「私から両親に知らせよう」

と、いった。

「彼女は、両親から、月十二万円の、仕送りを受けていたようで、その他、アルバイトも、していたようです」

と、日下が、いった。

「そのマンションや、アルバイト先で、彼女が、問題を起こしたことは、なかったのかね？」

と、十津川が、きいた。

「マンションでは、問題は、起こしてはいないようです。管理人にききましたが、被害者は、頭が良くて、礼儀正しく、他の住人と、問題を起こしたことは、ありません。アルバイト先は、学校近くの喫茶店ですが、電話で、問い合わせたところでは、ここでも、問題はなかったようです」

と、日下は、いった。

「部屋の中には、パソコンが、一台ありましたが、そこに、危険なメモのようなものは、見つかりませんでした。手紙類も、見つけましたが、その中にも、殺人を予告するような文面は見つかりません」

と、西本が、いった。

「そのマンションに、男が、出入りしていたようなことは、なかったのかね？」

と、亀井が、きいた。

「管理人の話では、同じS大の学生が、男も女も、月に、一回ぐらいは訪ねて来て、わいわい、騒いでいたようですが、ストーカー的な、男は、いなかったようです」

と、西本が、いった。

「じゃあ、今のところ、問題は見つからずか？」

と、十津川が、きいた。

「今まで調べたところでは、犯人らしき、人物は浮かんできません」

と、日下が、いった。

千駄ヶ谷の、S大に行っていた、三田村と北条早苗が、戻って来て、大学での彼女の評判を、報告した。

「大学での専攻は、フランス文学です。まあ、普通の成績で、問題を、起こしたことはないと、事務局の職員は、いっています。彼女の友人何人かにもききましたが、彼女が、殺されるようなことは、思い当たらない、びっくりしていると、誰もが、いっています」

と、三田村が、いった。

「しかし、何か問題があったから、殺されたんだろう？　その点は、どうなんだ？」

と、十津川は、北条早苗に、きいた。

「その点について、いろいろと、聞いてみたのですが」

と、早苗が、いった。

「まあ、ボーイフレンドは、二人ほどいたようですが、どちらとも深いつき合いは、なかったようです。女学生の親友の話でも、被害者には、特定の恋人はいなかったようで、また、彼女に、しつこく、つきまとっていた男の影も、見えなかったといっています。ただ――」

「ただ、何だ？」

と、十津川が、きいた。

「その親友の話なんですが、被害者は、何かのグループに、入っていたようで、そのグループのことは、誰にも話さなかったというんです」

と、早苗は、いった。

「ただ、グループというんじゃ、わからないな。どんな、グループなんだ？」

と、十津川が、きいた。

「そのことについて、被害者は、親友にも、話さなかったようで、その友人ですが、何か、オカルト的なグループじゃないかと思って、心配していたようです。それで、今度殺されたと聞いて、真っ先に、そのことを思い出したといっています」

と、早苗は、いった。

そういえば、死体の上のメモには、神が人を殺したというようなことが書いてあった。そのオカルト的なグループが、彼女を、殺したのだろうか？　そうなると、厄介なことになりそうだと、十津川は、思った。

2

その日の午後六時過ぎになって、島根から被害者の両親が、到着した。両親は、出雲《いずも》大社の参道で、土産物店を、古くから、やっているという。

両親は二人とも、十津川に向かって、

「どうしても、娘が殺されたなんて、信じられません」

と、異口同音に、いった。

確かに、両親にしてみれば、信じられないことだろうが、広池ゆみは、間違いなく、青梅市郊外の、林の中で、死んでいたのだ。それも、刃物で、二度刺されて、である。

両親が、娘の遺体に、会いたいというので、大学病院に、刑事に案内させてから、その後で、いろいろと、質問することにした。そのため、両親への質問は、夜遅くからに、なった。

ありがたいことに、少しは、両親とも、落ち着いているように見えた。

十津川は、二人にお茶を、勧めてから、

「仕事ですので、辛《つら》い質問をしなくてはなりません」

と、断った。

「何としてでも、娘を殺した犯人を、捕まえてください」

と、母親が、いった。

「もちろん、絶対に、犯人は捕まえます。そのために、いろいろと、お聞きしなくては、ならないことが、あります」

と、十津川は、いった。

「どうぞ、何でも、きいてください」

と、父親が、いった。

「お嬢さんですが、何かのグループに入っていたように思われるんですよ。そのことについて、お嬢さんから、お話を聞いたことは、ありませんか？」

と、十津川は、いった。

両親は、顔を、見合わせてから、

「グループって、どんなものなんでしょうか？」

と、母親が、いった。

「宗教的な、オカルト的なグループだという人も、いるんですが、われわれとしては、そのグループを知りたいんです。そうすれば、犯人の手がかりが、つかめるかも知れません。お嬢さんは、時々、実家に、お帰りになっていたんですか？」

と、十津川が、きいた。

「正月と夏休みは、必ず帰ってきて、おりましたけど」

と、母親が、いった。

「その時、何か、恋の悩みみたいなものを、打ち明けませんでしたか？　たとえば、いろいろ苦しいので、何かの、宗教に入ったというようなことですが」

と、十津川が、いった。

「そういうことは、一度も、きいたことがありません」

と、父親が、きっぱりと、いった。

「そういえば、出雲大社の近くに、お住みですね？」

と、十津川が、きいた。

「参道に、土産物店を出しております。もう三代続いて、おります」

と、母親が、いった。

「ということは、お二人とも、出雲大社の、氏子か何かですか？」

と、亀井が、きいた。

「もちろん、私どもは、出雲大社の氏子でございますが」

と、母親が、いった。

「亡くなったお嬢さんは、どうなんでしょうねえ？　出雲の神様を、信仰していましたか？」

と、亀井が、きいた。

「娘と一緒に、時々、出雲大社に、お参りは、していましたけど、娘が、出雲大社について、どう思っていたのかは、聞いたことが、ございませんです」

と、母親は、いった。

十津川は、被害者の胸の上にのっていた、問題のメモを、両親に見せた。

「このメモは、お嬢さんの、遺体の上に、置かれていたのですが、何か、心当たりは、ありませんか？」

と、十津川は、きいた。

父親も母親も、しばらくの間、じっと、そのメモに、書かれていた文字を、読んでいたが、

「まったく、覚えがございません」

と、父親が、いい、母親もうなずいた。

「ここに書いてある神というのは、ひょっとすると、出雲大社のことでは、ないかと、思うのですが、その点はどうですか？」

と、十津川は、きいた。

「とんでもない」

と、父親が、いった。

「出雲大社の神様は、人殺しなど、絶対に、なさいません」

「もちろん、神様が、人を殺すなんてことは、ないでしょう」

と、十津川は、苦笑して、いった。

「ですから、犯人が、自分のことを、神だと思っているのかも知れません。そういう狂信的な人間が、お嬢さんを、殺したのかも、知れないんです」

と、十津川は、いった。

「じゃあ、娘は、頭のおかしな人に、殺されたとおっしゃるのですか？」

と、母親が、きいた。

「いえ、そうは、断定しておりません。ただ、このメモが、気になったものですから」

とだけ、十津川は、いった。

3

司法解剖の結果が、報告されてきた。

死亡推定時刻は、十月十五日の、午後九時から十時の間。死因は、失血によるショック死とわかった。

十月十五日の、被害者の行動が、調べられた。その午前十時には、被害者は、千駄ヶ谷のS大に、登校している。午後の二時まで、授業を受けており、その後、友人四人と、学校近くの喫茶店で、お茶を飲んでいる。

ただ、そこで、軽い食事を取った後、午後四時には、千駄ヶ谷の駅で、四人と別れており、その後の行動は、不明だった。

つまり、午後四時から、殺された午後九時頃までの間が、不明なのだ。

日野市のマンションの管理人に、きいても、十五日の夜、彼女が、帰ってきたのを見ていなかった。とすると、被害者は、午後四時に、千駄ヶ谷の駅で、友人と別れ、その後、マンションには、帰らず、どこか、他のところに行き、そこで、事件に巻き込まれてしまったのだろうか？

十津川は、捜査本部の黒板に、問題のメモを、鋲《びょう》で留めた。そして、亀井たち刑事に向かって、

「引っかかるのは、このメモだよ。これは、間違いなく、犯人が書いたものだ。しかし、どうして、こんなメモを、残していったのだろう？　普通ならば、少しでも、手がかりになるものは、残さないのが、常識だからな」

「犯人の主張が、あるんじゃないんですか？　自分の殺人の、正当性を、主張しようとして、メモを、残したんだと思います」

と、西本が、いった。

「それにしても、ふざけていませんか？　神が人を殺したなんて」

と、亀井が、また、十津川に向かって、同じことを、いった。

「カメさんには、ふざけて見えるか？」

と、十津川が、きいた。

「大いに、ふざけて見えますね。何しろ、今は十月ですよ。十月といえば、神無月《かんなづき》じゃありませんか。神様がいない月なんですよ。それなのに、この犯人は、神が、人を殺したなんてメモを残している。まったく、ふざけているじゃありませんか」

と、亀井が、いった。

その亀井の言葉で、西本が、

「ああ、そうですね。今は十月で、神無月なんだ」

と、感心したように、いった。

十津川は、ある落語を思い出していた。それは、志ん生の、落語だった。

「十月といいますと、神無月、神様がいなくなるんですよ。ところが、いなくなった神様が、どこに行くかというと、出雲に、集まりましてね。日本全国から、神様が集まってしまうもんだから、出雲は、神様でごったがえして、大変なもんです。弁天様は、大黒様を、見つけて、あら、大黒様、お久しぶり、なんて、いいましてね」

そんな落語だった。日本全国が、神無月なのに対して、出雲は、神様が集まるので、神有月《かみありづき》と、いうらしい。

「被害者の両親は、出雲大社の参道で、土産物店を、やっているんだったなあ」

と、十津川が、いった。

「神様が、全部、出雲に集まるので、十月の出雲は、神有月ですよ。だから、出雲で、誰かが殺されて、そこにメモが、置いてあって、神が、人を殺したというのなら、理屈は、あうのですが、神様がいなくなった後で、人を、殺しておいて、神が、人を、殺したなんて、何回もいいますが、ふざけた野郎ですよ」

と、亀井が、いった。

今度は、日下刑事が、また、感心したように、

「十月を、神無月というのは、知っていましたが、出雲では、神有月なんですか？」

と、いった。

「そうだよ。日本全国の神様が、出雲に、集まってしまうからだ」

と、亀井が、いった。

か？

十津川は、考え込んだ。今度の事件と、そうしたことは、何か、関係があるのだろうか？

現在の東京は、十月で、神無月である。そして、その神様たちは、出雲に集まっている。

また、被害者の両親は、その出雲大社の参道で、土産物店をやっている。そうしたことと、今度の殺人事件とは、何か、関係があるのか？

あるとすれば、神が、人を殺したという、問題のメモだろう。

翌日になると、もう一つわかったことがあった。それは、問題のメモ用紙で、ある。明らかに、和紙に書かれたメモだった。その和紙には、透かしが入っていて、その透かしを、調べたところによると、出雲市内にある、和紙の工場のマークだった。

もちろん、その和紙は、東京でも、売っているのだが、それでも、出雲市内で、作られた、和紙であることに、十津川は、こだわった。

上京した両親の希望で、広池ゆみの遺体は、東京で、茶毘《だび》に付され、両親は、遺骨を抱いて、島根県に、帰っていった。

死体は、二度もナイフで刺されており、まず、怨恨《えんこん》の線が、考えられた。しかし、いくら被害者の周辺を、調べてみても、彼女を恨んでいる人間には、ぶつからなかった。

そのため、ストーカーによる、行きずりの犯行の線も、視野に入れることになった。

最近になって、東京都内で、若い女性が、つけてきた男に、いきなり、刃物で、刺される事件が何件か起きていたからである。しかし、それで、死者が出たのは、今回が初めてだった。

今までの三人は、刺されたが、軽傷で、助かっており、逃げていく男の後ろ姿を、見ているのだった。

もし、今回の事件も、一連の事件の、延長線上に、あるとすれば、同じ犯人ということになってくるのだが――。

「しかし、違うね」

と、十津川は、亀井に、向かって、いった。

「私も違うような気がします」

と、亀井が、いった。

「負傷した三人の女性は、年齢は同じように、若いですが、一突きだけで、それも浅い傷で、犯人は、あわてて、逃げています。それに対して、今回の事件では、二度も、胸を刺しています。それも、思い切り深く、刺しているんです。ですから、他の三件の事件とは、違うと思います」

「カメさんもそう思うか。私も、犯人は、別だと思う。今回の犯人は、誰でもいいから刺したというのではなくて、広池ゆみという特定の女子大生を狙って、正面から刺しているんだ。それも、殺すつもりでね」

と、十津川は、いった。

「それに、他の三件には、問題のメモは、ありません」

と、亀井が、いった。

「それが、いちばん大きな違いだと思いますね。犯人がメッセージを残すということは、残さない事件とは、大きな違いがあると、私は考えます」

「それも同感だ」

と、十津川は、いった。

4

十月二十日夜、第二の殺人事件が、起きた。

場所は、月島の臨海公園の中だった。その公園の隅に、若い女性の死体が、転がっていて、翌二十一日の朝、発見されたのである。

死体は、第一の事件と同じように、胸を刺されており、死体の上には、メモが置いてあった。

そこに書かれた文言には、

〈神が人を殺した〉

とあった。

しかし、その次の文言は、第一の事件とは、少し違っていた。

〈神が人を殺した。神々は飢えている〉

　メモには、そう書かれていた。

　第一の事件と関係があるとして、十津川班が、現場に、急行した。

　現場は、埋立地に作られた、広い公園で、そこからは、有名な大観覧車が、回っているのも見えた。

　その他、近くには、さまざまな、催し物の会場があり、また、レインボーブリッジも、見える。そんな場所だった。

　十津川たちは、そこに、横たわっている、死体と、死体の上に置かれた、メモに、目をやった。

「またメモですか。ふざけやがって」

　と、また、亀井が、いった。

　確かに、ふざけている。十津川も、それに激しい怒りを感じた。

　おそらく、これは、誰かに対する、挑戦なのだろう。ひょっとすると、警察に対する、挑戦なのかも知れない。

　死体の近くには、ルイ・ヴィトンのハンドバッグが、転がっていた。

　その中から、被害者の、運転免許証が、見つかった。被害者の名前は、三井恵子。二十八歳。また、都内の電機メーカーの、ＯＬであることを示す、身分証明書も入っていた。

今度は、女子大生では、ないのだ。

住所は、四谷のマンションになっていた。今度は、十津川と亀井が、そのマンションを訪ね、西本と日下には、彼女が、働いていた、N電機の本社に、行くように命じた。

地下鉄四谷三丁目から歩いて、七、八分のところにある、マンションだった。

十津川と亀井は、そのマンションの、五〇六号室が、三井恵子の部屋であることを、確認してから、まず、管理人に、話をきいた。

六十歳ぐらいの管理人は、十津川の話をきいても、すぐには、信じられないという顔で、

「本当に三井さんが死んだんですか？　信じられませんよ」

と、いった。

「とにかく、部屋が見たい」

と、十津川が、いった。

管理人が開けてくれた2DKの部屋に、十津川と亀井は、入った。

2DKといっても、全体で、五十平方メートルぐらいの部屋で、その部屋一杯に、テレビとか、衣装ダンス、三面鏡、テーブル、その他が、置かれてあった。

管理人の話によると、被害者は、東北青森の生まれで、地元の高校を、卒業すると同時に、上京してきて、都内の短大を出て、今のN電機に就職したらしい。

「今度は、出雲の生まれではないんですね」

と、亀井が、いった。

「しかし、出雲には、関係がありそうだよ」

と、十津川は、部屋の壁に、かかっている、写真パネルを指さした。そこには、出雲大社をバックにして、被害者ともう一人、女性が写っていた。

「なるほど。被害者は旅行で、出雲大社に、行ったことがあるんですね」

と、亀井は、いった。

もちろん、だからといって、殺された被害者が、出雲大社と、何らかの関係があるとは、断定できない。旅行好きで、たまたま、出雲大社に行っただけかも知れないからだ。しかし、わざわざ、写真を、パネルにして、飾ってあるところを見ると、少なくとも、この写真は、気に入っていたのだろう。

N電機に出かけた西本と日下は、そこから携帯電話で十津川に報告してきた。

「被害者は、N電機の経理部で働いていました。七年前、彼女は、短大を卒業した後、このN電機に就職しています。その時からずっと、経理の仕事を、していますね。仕事は熱心で、上司に、迷惑をかけたことはないようです」

と、西本が、いった。

「彼女に、恋人はいなかったのか？」

と、十津川が、きいた。

「一人、恋人と思われる男が、同じN電機にいました。その男は、営業で働いており、年齢は三十一歳。名前は井上といい、彼女との関係は、認めています」

「それで、その井上という男のアリバイは、どうなんだ？」

と、亀井が、きいた。

「井上の証言によりますと、問題の日ですが、会社が終わった後、彼女と二人で新宿に出て、夕食を、取ったそうです。別れたのは、午後九時ごろで、その後のことはわからないと、いっています」

と、日下が、いった。

「井上は、どこに住んでいるんだ？」

と、十津川は、きいた。

「巣鴨駅の近くの、マンションです。彼のいい分によると、新宿で食事した後、まっすぐ、巣鴨のマンションに帰ったといっています。マンションに着いたのは、九時四十分頃で、その後は、どこにも出かけていないそうです」

「一人で住んでいるのだとすると、アリバイはあるようで、ないな」

と、十津川が、いった。

「そうですね。彼は自分でも、九時四十分以後、一人で、自分のマンションにいたことを、証明する人はいないと、いっています」

と、日下が、いった。

「その井上という恋人だがね、その男に、彼女と一緒に、出雲大社に、いったことがないか、きいてみてくれ」

と、十津川は、いった。

電話の後、十津川と亀井は、もう一度、入念に部屋の中を調べてみた。何か、事件に関係のありそうなものを、探してみたのだが、これといったものは、見つからなかった。

5

三井恵子の死体の司法解剖の結果は、夜になってはっきりした。

死亡推定時刻は、前日の午後十時から十一時の間。そして、死因は、第一の事件と、同じように、ナイフを深く突き刺したことによる、ショック死だった。今回も二度刺されている。

「まったく似たような事件だな」

と、十津川は、いった。

「殺し方も、殺した時間まで、よく似ている」

「そうですね。ナイフで二度刺し、死亡推定時刻も午後十時から十一時の間。よく似ています」

と、亀井が、いった。

「いちばん似ているのは、例のメモだな。今回は、神々は飢えていると、書いている。

「ということは、つまり、またやるということだろう」

と、十津川は、いった。

メモが書かれていたのは、同じように、和紙で、第一の事件のメモと同じように、丸に十字の透かしが、入っていた。出雲市内にある、十字屋という屋号の、和紙の製造会社が作ったもので、同じ名前の店が、出雲大社の参道に、あるのがわかった。

犯人は、たまたま、その和紙を使ったのか、それとも、その和紙に、ある思い入れがあるのかどうか。

もし、思い入れがあるとすれば、それも、事件に関係してくるだろう。

捜査本部は、二つの方向で捜査を続けることになった。

一つは、現場周辺の聞き込みである。

二つ目は、第一の事件の被害者と、第二の事件の被害者の関係だった。

二人に、どこか共通点があれば、その共通点の上に、犯人が、浮かび上がってくるだろう。しかし、二人の共通点は、なかなか見つからなかった。

まず、年齢である。第一の事件の被害者は二十歳で、第二の事件の被害者は、二十八歳である。一人は女子大生で、もう一人はＯＬと、職業も違っている。

また、女子大生の郷里は、出雲であり、ＯＬの郷里は、東北の青森だった。もちろん、出身高校も違う。

おそらく、二人は生前、会って話したこともないのではないだろうか？

その点について、刑事たちは、二人の顔写真を持って、S大と、N電機に行って、友人や同僚に聞いて回った。

S大に行った刑事は、第一の被害者の広池ゆみと、第二の被害者の三井恵子が、二人でいるところを、見なかったかと、きき、N電機に行った刑事たちは、同じように、二人が、一緒にいるところを、見なかったかと、同僚や上司にきいた。

もちろん、日野市の広池ゆみの、マンションと、四谷三丁目の、三井恵子のマンションでも、同じようなことを、質問した。

しかし、いくら調べても、二人が一緒にいるところを、見たという証言は、得られなかった。

また、二人が知り合いだという証拠は、見つからなかった。

捜査会議では、当然、そのことが問題になった。

「本当に、二人の被害者には、共通点が何もないのかね？」

と、三上刑事部長が、刑事たちに向かって、いった。

「今のところは、まったく見えてきません」

と、十津川が、いった。

「広池ゆみと三井恵子の、同窓生や、同僚にきいてみたんですが、二人が、知り合いだったという証拠は、まったく、見つかっていません」

「しかし、それなら、なぜ、犯人は、この二人を、選んで殺したんだ？　とにかく、誰でもいいから、若い女を、殺したかったということでも、ないんだろう？」

と、三上が、きいた。

「部長のいわれる通りです。行き当たりバッタリに、誰でもいいから殺したとは、考えられません。もし、行き当たりバッタリに、殺したのならば、青梅の郊外と、月島の臨海公園という、遠く離れた場所で、殺すとは考えられません。誰でもいいのならば、もっと近い、距離の中で、殺したと思います」

と、十津川は、いった。

「それなら、どこかに共通点が、あるはずだろう？」

と、三上刑事部長が、いう。

「しかし、いくら調べても、二人の共通点がないのです」

「しかし、その断定ができないでいるんだろう？」

と、三上は、見透かしたように、いった。

「その通りです。何かの関係がなければおかしいとも、思っています」

と、十津川は、いった。

「問題のメモが書かれていた和紙なんだが、出雲にある十字屋という、和紙の製造工場のものらしいね」

と、三上が、いった。

「そうです。これは、確認しました。間違いなく、出雲市内の工場で、作られたものです。しかし、東京のデパートでも、この和紙は売っております」

と、十津川は、いった。

「じゃあ、犯人は、東京のデパートで、買ったと思うのかね？」

「断定はできませんが、おそらく、東京で、手に入れたものだと思います」

「しかし、特定の和紙を使ったということは、どういうことだと思うね？　その和紙が気に入ったのかな。それとも、何か、意味があるのだろうか？」

と、三上が、いった。

「どちらとも、いえません。気に入ったからその和紙を使ったのかも、知れませんし、また、何か、思い入れがあって、十字屋の和紙を、使ったのかも知れません」

と、十津川は、いった。

「君のいうことをきくと、何もかも、わからないみたいだな」

と、三上が、皮肉をきかせて、いった。

「申し訳ありませんが、その通りです」

と、十津川は、正直にいった。

翌朝早く、青森から、三井恵子の両親が、上京してきた。

両親に会って、事件のことを、説明するのは、辛《つら》い仕事で、いつまで経っても、十津川は、慣れることができなかった。

三井恵子の両親も、前の広池ゆみの両親と同じように、異口同音に、

「娘が殺されたなんて、信じられません」

と、いい、遺体のそばで、涙を流した。

そして、同じように、遺体は、東京で、荼毘《だび》に付して、遺骨を持って、帰りたいという。

その間に、十津川は、両親から、殺された、被害者についての話を、聞いた。

三井恵子の場合は、第一の事件の広池ゆみとは違って、夏には、郷里に帰っていなかった。それでも、正月だけは、二、三日、郷里の実家で過ごしたという。二十八歳にもなると、そういうものだろうか？

「正月ですが、お嬢さんとは、どんな話をしたんですか？」

と、十津川は、両親に向かって、きいた。

「娘も二十八にもなりますと、プライベートなことは、あまり話して、くれないんですよ。母親としては、いろいろと、ききたいんですけどね。東京で、どんな暮らしをしているのか、つき合っている男性は、いるのかとか、いろいろとききたいことはあるんですけれども、ほとんど話してくれませんでしたよ」

と、母親は、小さな溜息《ためいき》をついた。

「おとうさんは、どうですか？」

と、十津川は、父親のほうに、目を向けた。

「私のほうは、母さんよりも、なおさら、娘は、何も話してくれませんでしたよ。それでも、無事に、東京で、過ごしてくれていればいいなと思っていたんですが、こんなことになってしまって」

と、父親は、いって、目頭を押さえた。

「娘さんが、何か、怖い目にあっているようなことを、話していませんでしたか？　たとえば、誰かに、命を、狙われているといったような、ことですが」

と、亀井が、きいた。

「そういう話は、したことがなかったですね。私たちは、ストーカーというのが、いちばん怖かったですが、娘は、そんなものは、いないといっていました」

と、母親は、いった。

「娘さんは、出雲大社のことを、話していませんでしたか？」

と、十津川は、きいた。

「出雲大社ですか？」

と、母親は、オウム返しに、いってから、

「娘はもともと、不信心なほうで、本当に、出雲大社なんかに、お参りに行っていたんですか？」

と、逆に、きいた。

「この写真を見れば、わかりますよ」

と、十津川は、彼女のマンションから、持ってきた写真を、両親に見せた。

「本当だ」

と、母親がつぶやき、父親と一緒に、写真パネルを、見ていた。

「娘さんの信仰心というのは、どんなものだったんですか？」

と、十津川は、きいた。

その質問に、父親が、首をかしげ、

「うちは、曹洞宗《そうとう》なんですよ。ですから、うちの先祖代々の墓も、青森市内の、曹洞宗の寺にあります。もちろん、私たちだって、娘だって、死ねば、そのお墓に、入ることになります」

と、いった。

「失礼ですが、娘さんが、何か、オカルト的なグループに、入っていたことは、ありませんかね？」

と、十津川は、きいた。

「オカルトというと、特殊な宗教団体のようなグループですか？」

と、母親が、きいた。

「そうですが、もっと小さなグループでもいいんです」

と、十津川は、いった。

「そういう話は、娘から、聞いたことはありませんが――」

と、父親が、いった。

6

若い女性の連続殺人。それに、犯人の残した、奇妙なメモのこともあって、十津川たちは、この事件をマスコミが、大々的に取り上げるであろうことを、予想していた。その予想は、的中した。

新聞とテレビが取り上げる一方、週刊誌もこの事件に、飛びついた。特に、週刊誌の報道は、十津川が、あきれるほどの、想像力を発揮して、この二つの事件を、解説していた。

有名な犯罪心理学者が、週刊誌で、事件の犯人について、次のように推測していた。

「犯人は、おそらく、中年の男性で、教養もあり、一見したところ、手荒なことはしないように見えるだろう。神が、人を殺したと書かれたメモであるが、おそらく、これは、犯人の、深層心理に関係しているものと、思われる。この言葉から、犯人が、神を信じていないように見えるかも知れないが、むしろ、逆で、犯人は、信仰心の強い人間であると、私は、想像する。しかし、ある時、恐ろしい経験をして、神が死んだと思ったのではないだろうか。それにもかかわらず、男は、神を信じている。そうした心の葛藤《かっとう》が、彼を、殺人に走らせ、そして、神が、人を殺したというメッセージを残させたと思われる。このメモを、警察に対する挑戦と見る人もいるが、私は、そうは見ていない。むしろ、犯人自身に問いかけた、メッセージではないかと、思っている。それで、犯人がまた同じような犯行を、犯すかどうかということだが、犯人は、一通目のメモに、始まりと書き、二通目に、神々は飢えていると書いている。この言葉をそのままに受け取れば、また、殺人が行なわれるという予告と、私には見える。おそらく、犯人は、現在の退廃した世相に、激しい怒りを感じていて、神に、代わって、自分が人々を、罰しようとしているのではないかと、私は、思っている。とすると、犯人の犯行はまだ、続くに違いない。そう考えたほうが、いいと思う」

十津川の先輩で、元捜査一課長で、現在、犯罪研究の第一人者といわれている人の、談話も載っていた。その談話は、次のようなものだった。

「犯人は、おそらく、頭が切れて、会社でいえば、人に、命令をするような、立場にある人間だと思われる。そのために、彼は、傲慢《ごうまん》になっており、自分は、神に代わって、いや、神になって、現代の腐敗した人々を、懲《こ》らしめようと考えたに違いない。その傲慢な精神が、奇妙なメモによく表われている。神が人を殺したと書いているが、神である自分が、人を殺した、人を罰したと、実際には書くつもりだったのだ。普通、殺人者は、自分の犯した犯行に恐れおののくものだが、この犯人は、自分が神だと思い込んでいるから、何の恐怖も、感じていないに違いない。おそらく、若い女性の胸を刺して殺す時、私は、犯人が、快感を感じていたに違いないと思っている。犯人が、若い女ばかりを狙った点だが、この犯人は、中年か、あるいは、初老の男で、現代の腐敗した社会の原因の一つが、若い女性の、奔放な生き方、あるいは、態度にあると、思い込んでいて、若い女性を殺していけば、こうした荒廃した社会は治っていくと、思い込んでいるに違いない。私は、この事件について、そのように考える。犯人が、いつ逮捕されるかということについていえば、今もここに書いたように、犯人は、自分の行為について、正しいことを、しているという思い込みがあり、したがって、自分の行動を、隠そうとする気は、あまりないだろう。したがって、犯人逮捕も、間近いと、私は楽観している」

また、犯人が残したメモから、今回の事件と神との関係を、話し合った、テレビのニュース番組もあった。

しかし、それは、あまり真面目な番組とはいえず、その証拠に、宗教に関する本を、何冊も出している学者も、出席していれば、お笑い系の芸人も、出席していて、コメンテーターは、明らかに、この事件を、茶化すような方向に、番組を、持っていっていた。

「今時、神様を信じる人間なんて、いるんでしょうかね？」

と、笑いながら、司会者が、いっていたのが、この番組のすべてを、物語っているように、十津川には、思えた。

「いいたい放題ですね」

と、亀井が、苦笑した。

「誰も彼もが、第三、第四の殺人が起きれば面白いのにというように書いているし、興味本位に、今回の事件を見ていますよ」

「人間なんてそんなものさ」

と、十津川は、醒《さ》めた目をして、いった。

「人間は、自分が、危ない目にあうか、身内が殺されでもすれば、真剣に、考えるが、自分と関係のないところで、人が殺されても、表面上は、悲しんで見せるが、本心は面白がっているんだよ」

と、十津川は、いった。

しかし、マスコミが、過剰に、反応したおかげで、記者会見を開くと、記者たちからは、いつ、犯人を捕まえられるのかとか、犯人像について、どう考えているのか、といった質問が、刑事たちに、浴びせかけられた。

第三の殺人が、起きれば、警察の責任が、間違いなく、問われることになるだろう。

そうしたことに、いちばん敏感な三上刑事部長は、捜査会議を開いては、十津川たちに、ハッパをかけた。

「とにかく、次の殺人事件を、起こさせてはならない。何とかして、事件が起きる前に、犯人を、逮捕するのだ。それから、記者会見で、私は、いつも、どんな犯人かと、聞かれて困っている。犯罪心理学の学者の先生は、犯人は、中年の男で、現代社会に対して、怒りを持っていて、自分が、神に代わって、堕落した人間を懲らしめようとしていると、いっている。君たちは、どう考えているんだ？　十津川君、君は、いったい、どんな犯人像を、抱いているんだ？」

と、せっかちに、きいた。

「もし、私が、学者ならば、どんなことでもいうことができます。連中は、別に犯人を、逮捕できなくてもいいんですから、面白おかしく犯人像について、語っていればいい。気楽なものですよ。しかし、私たち刑事は、実際に、犯人を、捕まえなくてはならないんです。中年の男で、神に代わって、現代の人を罰しようとしている。それぐらいのことなら、子供だって、いえます。例のメモだってありますからね。しかし、もし、間違っていれば、大変なことになります。女性が犯人とはいいませんが、中年ではなくて、若い男かも知れません。可能性は、いくらでもあるんです。ですから、私としては今、犯人像を、特定することは、できません。あらゆる可能性を、考えながら、事件を捜査したいと思っております」

と、十津川は、三上に向かって、いった。

「しかしだね、今もいったように、記者会見では、必ず、どんな犯人だと、聞かれるんだよ。すでに二人の人間が、殺されているんだ。しかも、若い女性で、事件に対する関心が、強まっている。こんな時、犯人がどんな人間か、わかりません、そんなことがいえると思うかね？　それに、君は、子供でも答えられるといったが、週刊誌やマスコミで、発表している先生は、犯罪心理学の、専門家なんだよ。その専門家が、犯人は中年の男で、ただ、神を否定するのではなくて、神を今でも信じていて、神に、代わって、現代の人間を罰しようとしている。そういっているんだ。マスコミにしてみれば、犯罪心理学の先生が、こうして、犯人像をきちんと、説明できるのに、警察が、なぜ、犯人像を特定できないのか、そこが不思議だというに、決まっているじゃないか。何か一つでもいい、犯人についての、手がかりは、つかめていないのかね？」

三上は、明らかに、苛立《いらだ》ちを見せて、十津川に、いった。

三上は、続けて、

「犯人は、まったくわかりませんなどといって、ブン屋さんたちが、納得するかね？少し自信がなくても、構わない。何としてでも、犯人像を作り上げろ」

と、いった。

「では、いいますが」

と、十津川は、断ってから、

「犯人は、催眠術師です。マジシャンといってもいいと思います」

と、いった。

三上は、あきれた顔になって、

「何だね、それは？　催眠術師とか、マジシャンというのは」

と、十津川を、にらんだ。

「二人の若い女性が、殺されていますが、二人の間に、これといった関係は、見つかっていません。つまり、犯人は、二人の女性の、共通の知り合いではないと思うのです。

たぶん、犯人と二人の女性とは、以前に会ったことはないと思います。それなのに、犯人は、真正面から、ナイフで、女性の胸を突き刺しています。それだけ、近づいてから、殺しているのです」

「だから、何だというのかね？」

と、三上が、きいた。

「つまり、犯人に対して、女性は、まったく警戒心を、持っていなかったということです。第一の事件についていえば、まだ、こんな恐ろしい事件が、起きていなかったのですから、被害者が警戒心を持っていなかったとしても、おかしくはありません。しかし、第二の被害者についていえば、事件のことは、知っていたはずです。それなのに、三井恵子も、犯人に対して、無警戒だったと考えられます。ということは、今もいったように、犯人が催眠術師か、マジシャンということになってくるんですよ。普通、見知らぬ男が、近づいてくれば、警戒するでしょう。それが警戒しないのですから、多少不自然でも、そんなふうに、犯人が見えるんですよ」

と、十津川は、いった。

「どうやら、君は冗談ではなく、本気でいっているようだな」

と、三上は、いった。

「そのとおりです。犯人は、そんな人間だと、私は、思っています」

「もし、そうだとしても、記者会見で、犯人はマジシャンか、催眠術師だと、そんなことを私がいえるかね？　そんなことをいえば、失笑を買うに決まっている。他に、いいようはないのかね？」

と、三上が、いった。

「では、犯人は、顔のない男だというのは、どうでしょう？」

と、十津川が、いった。

三上は、険しい表情になって、

「君は、私をからかっているのか？」

「いいえ。まったく違います。部長をからかってなど、おりません」

「じゃあ、その顔のない男というのは、どういう意味なんだ？」

と、三上が、険しい表情を崩さずに、いった。

「それは、こういうことです」

と、十津川は、いった。

「被害者の女性は、犯人と、向かい合いました。その時、もちろん、自分が、相手に刺されるなんて、夢にも、思わなかったでしょう。むしろ、警戒心を抱かずに、向かい合ったのです。その時、犯人の男は、どんな顔を、していたのだろうかと、想像してみたんですよ。しかし、どうしても、その顔が、思い浮かばないのです。ナイフを心臓にまで、深く突き刺すんですから、犯人は、相当、力の強い人間であることは、想像できます。犯人が、痩《や》せていても、それは筋肉質で、きっとスポーツ選手のような体つきをしていたに、違いありません。しかし、顔は、わかりません。そして、被害者は、二人とも、相手に対して、警戒心を抱いていなかった。それを考えると、男の顔は、たぶん優しい表情を、していたに違いありません。少なくとも、怖い顔ではなかった。優しくて、柔和《にゅうわ》で、そして、若い女性にとって、好ましい顔立ちだったに、違いありません。しかし、それが具体的に、どういう顔だったのかとなると、それが、わからないのです。ただ単に、美男子だったとも、思えません。美男子は、時として、怖く見えますからね。ですから、今のところ、顔のない男としか、私には形容ができないのですよ。その顔に、これから、私たちは、目を描き、鼻を描き、口を描いて、一人の犯人の顔を、作っていかなくてはならないのです。それを今から、至急やろうと考えております」

と、十津川は、いった。

「いつまでに、それができ上がるのかね？」

と、三上が、聞いた。

「できれば、第三の殺人事件が、起きるまでに、仕上げようと思っております」

と、十津川は、いった。

第二章　絵　馬

1

第二の事件から、五日経って、捜査本部は、朝から、緊張していた。

第一の殺人事件、女子大生の広池ゆみが、殺されたのが、十月十五日。そして、第二の殺人事件、ＯＬの三井恵子が、殺されたのが十月二十日、その間、五日間の時間があったからである。

そして、今日は、十月二十日から、五日経った十月二十五日である。

まだ的確な犯人像は、つかんでいなかった。第一の殺人事件では〈神が人を殺した。これは、神々の殺人の始まりだ〉というメモがあった。そして、第二の殺人事件では〈神が人を殺した。神々は飢えている〉と書かれたメモが、同じように、死体のそばに置かれていた。

このことから、犯人は、精神異常者か、あるいは、奇妙な、宗教的な信念に凝り固まった人間ではないかと思われた。

だが、まだ、捜査本部は、犯人像を、決めかねていた。

精神異常者と決めてしまうのはやさしい。

しかし、果たして、そうだろうか？　ひょっとすると、精神異常者を装った、狡猾《こうかつ》な殺人者かも、知れないのだ。

十月二十五日は、捜査本部が、朝から緊張していた。

マスコミでも、同じように、考えた者がいるらしく、ある新聞は、朝刊で〈これまでに、二人の女性が、殺され、奇妙なメモが残されていた。この犯人は、ひょっとすると、五日目ごとに、殺人を犯すかも知れない。

とすると、今日、十月二十五日に、第三の殺人を、実行する可能性がある。そのことを、注意しておきたい〉と、書いていた。

このセンセーショナルなコメントをよせたのは、ホラー小説で、有名な作家だった。

捜査本部の刑事たちは、最初、その記事を読んで苦笑したが、しかし、笑ってばかりもいられなかった。

十津川たちも、今日十月二十五日が、危険であると、感じて、いたからである。

だからといって、具体的に、どう、行動していいか、わからなかった。東京は、一千二百万人の大都市で、その半分は、女性である。そのうち、二十代から三十代に限定しても、その人数は百万単位だろう。

その一人一人を、警護するわけには、いかないのである。

そして、その日の午後十時すぎになって、十津川の恐れていたことが、起きた。田園調布で、若い女性が、殺されたという、報告が、入ったのである。

もちろん、まだ、それが、連続殺人事件の、第三の被害者かどうかは、わからない。

それでも、十津川たちは、田園調布に、向かって、パトカーを、飛ばしていた。

田園調布駅の、西口に広がる、高級住宅街の一画に、白いベンツが、停まっていて、その車内が、殺人現場だった。

SL600、ベンツの中でも、最高級車である。その運転席で、若い女性が、胸を刺されて、殺されていたのである。

このあたりは、高い塀を、めぐらした高級住宅が、続いていて、道路に人影は少なく、いわば、死角になっている、場所だった。

死体は、車から降ろされて、地面に、仰向《あおむ》けに、横たえられた。

年齢は、三十五、六歳だろう。

いかにも、豪華な感じの、黒いドレスを着ていて、それでも、胸から吹き出た血が、その黒いドレスを染めているのがはっきりわかった。

運転席のそばからは、被害者のものと思われる、エルメスのハンドバッグが、見つかって、中身を調べると、運転免許証が、入っていた。

それによると、名前は、大岡香代子。年齢は三十五歳。そして、同じく、ハンドバッグに入っていた財布には、二十万円を超す一万円札が、入っていて、同じように、二種類のカードと、大岡香代子自身の名刺が、十枚入っていた。

その名刺には〈ジュエリー　オオオカ　社長〉と、書かれていた。その店は、六本木にあるらしい。

「女社長ですか？」

と、亀井が、死体に目をやったまま、いった。

確かに、死体を、飾っているネックレスも、左手の手首のブレスレットも、高そうな宝石が施されていた。

その名刺には、被害者の住所も、書かれていたが、その住所は、百メートルほど先の番地に、なっていた。

「被害者は、家に帰ろうとして、いたらしい」

と、十津川は、いった。

「その手前で、殺されたわけですか？」

と、亀井が、いった。

検視官が、死体を調べている。立ち上がって、検視官は、

「どうやら、前の二件と同じ殺し方だね」

と、十津川に、いった。

遺体が、運ばれた後、十津川と亀井は、名刺にあった住所に向かって、深夜の通りを、歩いていった。

2

その家は、高級住宅街の一画に、あった。

高いレンガ塀がめぐらされた、三階建ての、建物だった。

十津川と亀井が、門柱についているインターホンを鳴らすと、若い女性の声で、

「どなたでしょうか？」

と、きかれた。

十津川は、自分の名をいい、監視カメラに、向かって、警察手帳を開いて見せた。

門が開き、二人の刑事は、玄関に向かって、歩いていった。玄関の扉が開くと、若い女性が、顔を出して、

「何のご用でしょうか？」

と、きいた。

「失礼ですが、あなたは、大岡香代子さんとは、どういうご関係の方ですか？」

と、十津川は、きいた。

「妹の明美ですけど、姉に、何かあったのでしょうか？」

と、女が、きいた。

どうやら、まだ、百メートル手前の道路で、起きた殺人事件には、気づいて、いない

らしい。

「まだ、ご存じなかったんですか？」

と、十津川が、きいた。

その言葉で、女の顔が、青ざめた。

「姉に、いったい何が？」

「この百メートルぐらい手前で、大岡香代子さんは、何者かに、胸を刺されて、殺されました。車の中でです」

と、十津川が、いった。

明美は、言葉を失って、呆然《ぼうぜん》としている。その後で、

「それで、姉は、今、どこにいるんでしょうか？」

と、十津川に、きいた。

「殺人事件ですので、お姉さんの遺体は警察署に、運ばれています。これから一緒に、行っていただけませんか？」

と、十津川は、いった。

十津川と亀井は、その場から、妹の明美を、パトカーに乗せて、警察署に、向かった。

その車内で、明美は、

「本当に、姉は殺されたんでしょうか？」

と、きいた。まだ、そのことが、信じられないという、顔だった。

「お姉さんは、車で家に帰る途中、何者かに刺されて、亡くなったんです」

と、十津川が、いった。

「どうして、姉が？」

と、明美が、いう。

「まだ、何も、わかりません。これから、われわれが、お姉さんを、殺した犯人を、見つけ出して逮捕します。そのためには、妹さんの協力が必要です。何か、心当たりがあれば、話して、いただけませんか？」

と、十津川が、いった。

「心当たりと、いっても、姉には姉の生活が、ありましたから、姉のプライベートなことは、ほとんど、何も知らないんです」

と、明美が、いった。

「しかし、あなたは、お姉さんと、同じ家に住んでいたんでしょう？」

と、亀井が、いった。

「一緒に、住んでいたといっても、姉は、仕事で、忙しくて、私は、大学に通っていますから、夜しか、一緒にいることは、なかったんです」

と、明美は、いった。

十津川は、今回の事件が、連続殺人事件の一つらしいと、明美に、いおうかどうか迷った。それをいえば、彼女のショックは、さらに大きくなってしまうだろう。十津川は、そう思ったのだ。

だから、パトカーが、警察署に着くまで、十津川は、第一、第二の殺人事件について、何もいわなかった。

警察署に着き、妹の明美は、姉の遺体と会った。その間、十津川と亀井は、遠慮して、廊下で、明美が出てくるのを、待つことにした。

三十分近く、明美は、霊安室から、出てこなかった。やっと、廊下に出てきた明美は、もう涙を、流してはいなかったが、目が、赤く腫《は》れていた。

「大丈夫ですか？」

と、十津川が声をかけると、明美は、じっと、十津川の顔を見返して、

「姉は、三番目の、被害者なんですか？」

と、きいた。

やはり、彼女も、連続殺人事件のことは、知っていて、姉の遺体を、見ているうちに、そのことを、考えたらしい。

十津川は、黙って、一枚のメモを、明美に渡した。それは、大岡香代子の死んでいた、ベンツの運転席に、置かれていたメモである。

そのメモには、第一、第二の事件と同じように、書かれていた。

〈神が人を殺した。神々はまだ渇いている〉

メモには、そう書かれていた。

明美は、強い目で、そのメモを、見据えていた。それから、顔を上げて、

「やっぱり、姉も、同じ犯人に殺されたんでしょうか？」

と、きいた。

「このメモを、見る限り、同一犯人だと、思われます」

と、十津川は、いった。

「姉の前に、二人も、殺されているんですから、警察は、どんな犯人か、大体の想像は、ついているんじゃありませんか？」

と、明美は、いう。

「いろいろと、考えてはいます。精神異常者かも知れませんし、精神異常者を、装った犯人かも知れません。おそらく、犯人は、三十代か四十代の男で、力が強く、そのくせ、スポーツマンタイプではなく、むしろ、インテリの感じがします。われわれは、そういう犯人を思い描いているのですが、具体的に、その犯人が、どこで、何をしているかということは、まったく、わからないのですよ」

と、十津川は、いった。

警察署に、留まるという、明美を残して、十津川と亀井は、再び、犯行現場に、戻った。

問題のベンツの周りには、ロープが張られ、鑑識が、車内の写真を、撮り、指紋の採取を、行なっていた。

西本刑事が、近づいてきて、

「ただいま、第一発見者の、供述を取りました。第一発見者は、この近くに、住むサラリーマンで、この道路を、車で走行中、停まっているこの車を、発見したそうです。そして、運転席に、人が見えないので、不審に、思って覗《のぞ》くと、運転席で、大岡香代子が、倒れていたというのです。それで、一一〇番したといっています」

と、十津川に、いった。

十津川は、夜の道路に目を向けた。改めて、この一帯が、高級住宅街で、高い塀が続き、いわば、死角になっているのを感じた。

「しかし、どうして、こんなところで、被害者は、車を停めたんでしょうか？」

と、日下刑事が、きいた。日下は、続けて、

「彼女は、この先百メートルのところに、住んでいるんでしょう？　すぐ自宅に、帰れたはずじゃありませんか？　それなのに、なぜ、こんなところで、車を停めたんでしょうか？」

「車が、故障したんじゃないのか？」

と、亀井が、日下に、きいた。

「調べましたが、車には、まったく、異常がありません」

と、日下が、答える。

「とすると、犯人が、ここで、車を停めたんだな」

と、亀井が、いった。

「そういうことに、なりますが、こんな時間に、どうして、被害者は、車を停めたんでしょうか？　犯人が、車の前方に、立ちはだかったとしても、普通は、用心して、車からはおりないんじゃないですか？」

と、日下が、いった。

「そこが問題なんだよ」

と、十津川が、いった。

第一の殺人事件の、被害者の広池ゆみも、第二の事件の、被害者の三井恵子も、至近距離から、同じように、胸を刺されて、殺されている。

ということは、二人とも、犯人に対して、ひどく不用心だったことに、なる。犯人と向かい合っていて、自分が、殺されるとは、まったく思っていなかったのではないか。

今度の大岡香代子も、同じなのだ。

彼女は、不用心に、車を停め、そして、犯人と、向かい合った。おそらく、運転席のドアを、開けていたに、違いない。

そして、犯人は、ナイフで、彼女の胸を、二突きして殺し、逃げ去った。何という大胆さか。

「これを見てください」

と、三田村刑事が、運転席に、ぶら下がっている、小さなお守りを、指さした。

十津川が、手に取ってみると、出雲大社の、交通安全の、お守りだった。

「また、出雲ですか？」

と、亀井が、ため息まじりに、いった。

「犯人の置いていったメモも、同じ和紙だよ。第一、第二の殺人事件と同じ、丸に十の印のついた、和紙が使われている」

と、十津川が、いった。

「神無月に、神の名を使って、三人もの殺し、ですか」

と、亀井が、舌打ちした。

犯人は、今が、神無月だから、三人もの、女性を、殺したのだろうか？

それとも、三人を、殺したのが、たまたま、神無月だったのだろうか？

3

翌日から、刑事たちは、三番目の被害者の大岡香代子について、調べて回った。

大岡香代子の父親、大岡隆行は、六十歳で、現在、横浜で、貿易商を営んでいた。

大岡には、娘が二人いて、長女の香代子のほうは、三十歳をすぎても、結婚せず、フランスのパリで、デザインの勉強などを、していたが、日本に帰ると宝石のデザインを、やるようになり、父親に、資本金を出してもらって、六本木に、宝石店を出すようになった。

次女の明美のほうは、まだ、大学の三年生だが、両親が、横浜に住むようになってから、以前に住んでいた田園調布の家に、姉の香代子と、一緒に暮らすようになった。

香代子の経営する宝石店は、業績も、順調に伸びていて、若手の女性社長ということで、香代子は、何回か、テレビや週刊誌に、取り上げられたことがあった。そのどちらでも、美人のオーナー社長といわれた。

香代子は、もっぱら、若手の青年実業家や、若手の官僚たちと、つき合っていたが、特定の恋人は、いなかったらしい。

父親の大岡隆行は、突然の、娘の死に、動転しながらも、十津川に、向かって、

「私や家内のいうとおりに、さっさと、結婚をしてくれていれば、よかったんですがね」

と、いった。

「香代子さんの、店のほうは、うまく、いっていたようですね？」

と、十津川が、いった。

「それで、なおさら、香代子は、仕事に夢中になって、しまっていたんですよ。繰り返しますが、私も家内も、早く、結婚して、孫の顔を見せてくれたらいいと、願っていたんですがね」

と、大岡は、何度も、愚痴った。

「香代子さんは、どういう娘さんですか？」

十津川が、きいた。

「そうですね。独立心が、強くて、何でも、自分で、やってしまうほうでした。だから、結婚もせずに、六本木に宝石の店を出して、それに、夢中になっていたんですよ。気の強いところもありましたが、優しいところも、ありましたよ」

と、大岡は、いった。

「他人を、信じやすいほうでしたか？」

十津川が、きいた。

「他人を信じやすいって、どういうことでしょうか？」

と、大岡が、きき返した。

「香代子さんは、あと、百メートルほどで、家に着く地点で、車を停めています。おそらく、犯人が、車を停めたんだと思います。普通なら、夜おそくですから、用心すると、思うんですが、香代子さんは、犯人のいうとおりに、車を停め、自分で、運転席のドアを、開けたと、考えられるんですよ」

と、十津川は、いった。

「それは、香代子らしくありませんよ」

と、大岡は、いった。

「どうしてですか？」

「香代子は、三年間、パリに、住んでいましてね。向こうで、いろいろと、人づき合いを、学んできたんですよ。つまり、他人は、他人に対して、好意は、持ってもいいが、用心も、しなければならない。何しろ、他人は、他人だから。そんなことを、香代子が、いっていたことが、あるんです。だから、見知らぬ人間が、車を停めようとしたって、簡単には、停めなかったと思いますよ。運転席のドアを、開けるなんて、なおさらです。香代子が、犯人に対して、そんなことを、するとは、到底思えない。だから、犯人は、香代子の知り合いではなかったんですかね？　それも、信頼の置ける男だったんじゃありませんか？」

と、大岡は、いった。

「大岡さんは、広池ゆみ、それから、三井恵子という名前の女性を、ご存知ありませんか？　前に会ったことが、ありませんか？」

と、十津川は、きき、第一、第二の被害者の写真を、彼に見せた。

大岡は、二枚の写真を、見ていたが、

「いいえ。全然、見たことのない女性です。この二人が、連続殺人事件の、被害者なんですか？」

と、きいた。

「そうです。この二人と今回の香代子さんの三人、その三人が、犯人と親しかったとは、考えにくいんです。というのは、広池ゆみさん、三井恵子さん、そして香代子さん、この三人の共通点が、見つからないのです。バラバラに見える、この三人の共通の友人、それも、親しい男、そういう人間はちょっと考えられません」

と、十津川は、いった。

「聞いたところでは、犯人は、精神異常者のようですが――？」

と、大岡が、いった。

「その線も、考えています。というのは、例のメモが、ありましたから」

と、十津川は、いった。

「それ、新聞で読みましたよ。何でも『神が人を殺した』そんな、メモが、残っていたんでしょう？」

と、大岡が、いった。

「そうです。香代子さんが、亡くなっていた車の中にも、同じようなメモが、ありました」

と、十津川は、いい、そのメモを、大岡に、見せた。

「神が人を殺した。神々はまだ渇いている」

と、大岡は、口に出していい、それから、目を上げて、

「これを見ると、どう考えても、犯人は精神異常者ですね。自分で、人を殺しておいて、神が、人を殺したなんて、どんな、神経をしているんでしょうか？」

と、険しい口調で、いった。

「そのとおりです。確かに、この言葉どおりに、受け取れば、犯人は、頭のおかしい人間です。自分で、殺しておいて、それを、神のせいにしているんですから」

と、亀井が、いった。

「それに、今月は、十月でしょう、ということは、つまり――」

と、大岡が、いう。

「わかっています。神無月です」

と、十津川は、いった。

「暦の上では、今は、全国の神々が、出雲に集まっています。だから、東京には、神様がいないことになります」

「それなのに、犯人は『神が人を殺した』なんて、メモに書いている。どうして、こんなことを、書いているんでしょうか？」

と、大岡が、きいた。

「香代子さんの運転していたベンツに、出雲大社のお守りが、ぶら下がっていましたが、大岡さんの家では、出雲信仰が、おありになるんですか？」

十津川が、きいた。

「別に、出雲信仰のようなものは、ありません。娘の車についていたのは、たぶん、家内が、出雲に、旅行した時に、出雲大社に寄って、もらってきたものだと思います」

と、大岡は、いった。

「香代子さんは、どうなんですか？　強い出雲信仰を、持っていました？」

と、十津川が、きいた。

「そういうことは、ないと思います。出雲大社のことを、香代子から聞いたことがありませんから」

と、大岡は、いった。

4

捜査本部の黒板には、被害者三人の名前が、書かれている。
広池ゆみ、二十歳、女子大生
三井恵子、二十八歳、ＯＬ
大岡香代子、三十五歳、宝石店経営
もし、この三人に、何かの共通点が、あれば、その共通点から、犯人を推理することができるのだが、今のところ、三人には、まったく、共通点がなかった。
年齢も違う。職業も違う。女子大生は、職業とはいえないかも知れないが、とにかく、ほかの二人とは、違うのだ。生まれた場所も違う。大学が同じで、三井恵子と大岡香代子が、広池ゆみの大学の先輩と、いうこともない。三人とも、違う大学なのだ。
それに、大岡香代子の両親や、妹の明美にきいても、広池ゆみと三井恵子二人の名前を香代子から、きいたことはないと証言している。

唯一の共通点といえば、出雲である。広池ゆみの両親は、出雲大社の参道で、店をやっている。三井恵子は、自宅の写真パネルに、出雲大社が写っていた。

そして、第三の被害者、大岡香代子の車には、出雲大社のお守りが、ぶら下がっていた。

しかし、果たして、これが共通点と、いえるだろうか？

広池ゆみは、その家族が出雲大社と深い関係があると思われる。しかし、三井恵子は、ただ単に、出雲に、旅行しただけかも、知れない。

大岡香代子にいたっては、その車に、出雲大社のお守りがぶら下がっているだけで、両親も妹の明美も、香代子には、深い出雲信仰は、なかったといっている。

どう考えても、三人の共通点はないし、バラバラの存在に、見えるのだ。

おそらく、この三人は、どこかで、会ったということも、ないだろう。

しかし、犯人は、この三人を、選んで殺した。犯人には、この三人を、選ぶ理由が、あったのだろうか？　それとも、行き当たりばったりに、この三人を、殺したのだろうか？

「一度、出雲大社に、行ってみないか？」

と、十津川は、急に、亀井に、いった。

「しかし、出雲大社は、今回の殺人事件とは、何の関係も、ないかも知れませんよ」

と、亀井が、いった。

「おそらく、何の関係も、ないと思う。しかし、犯人は『神が人を殺した』とメモに、書いている。しかも、十月に第一、第二、第三の殺人を、犯しているんだ。そして、今は神無月で、神々が、出雲に集まっていると、いわれている。そのことが、どうしても、気になるんだよ。だから、出雲大社に、行ってみたい。もちろん、何もわからないかも、知れないが」

と、十津川は、いった。

亀井は、

「そうですね」

と、答えてから、ニッコリして、

「じゃあ、明日《あした》にでも、出雲に行ってみますか？」

と、いった。

5

翌十月二十七日には、司法解剖の結果が、出た。それによると、大岡香代子の死亡推定時刻は、二十五日の、午後九時から十時の間だという。

六本木の店の従業員の話によると、社長の香代子は、店が閉まってから、帰ったという。店が閉まったのは、二十五日の午後八時だから、それから、車で自宅に向かったのであろう。

それを考えると、午後九時前後に、現場に、到着したと思われる。だから、殺されたのは、午後九時頃から三十分の間ではないか？　そんな計算を、することができた。

十津川と亀井は、司法解剖の結果を聞いてから羽田に向かい、一二時三〇分発の飛行機に乗って、出雲に、向かった。

出雲空港に、着いたのは、一三時五〇分である。出雲は、秋晴れで、爽《さわ》やかだった。

空港から、二人は、タクシーを拾って、出雲大社に向かった。

タクシーを降りてから、出雲大社本殿までの長い参道を、二人は、歩いていった。空気がひんやりとして、心地良かった。

参道は、ウイークデーにも、かかわらず、人々で、にぎわっていた。団体客が、多いのは、やはりグループで、出雲大社に参拝に来る人が、多いのだろう。

十津川が、出雲大社に来たのは、二度目だった。周辺の景色は、その時と、まったく、変わっていない。

本殿に参拝する人、餌を買って、ハトにマメをやっている人、絵馬を、奉納している人、それから、門前町に並ぶ、出雲そばの店で、そばを食べている人。みな同じだった。

二人は、本殿で参拝してから、何気なく、奉納されている、たくさんの絵馬に、目を向けた。

さまざまな、願いごとを書いた絵馬が、下がっている。微笑《ほほえ》ましい、絵馬もあれば、中には、ドキッとするような文言が、書かれているものもある。

〈早く夫と別れて、あの人と、一緒になりたい〉

そんなことが、書かれていた絵馬もあった。それを一枚ずつ見ていた、十津川の足が、急に止まった。目が光っている。

「カメさん」

と、小さくいって、十津川は、一枚の絵馬を指さした。その絵馬には、こう書かれていた。

〈神々よ。あなたに代わって、また罰を与えてきました。神の代理人〉

それには、十月二十五日の、日付が入っていた。

「ここには、神に向かって『あなたに代わって、また罰を与えた』と書いている。しかも、署名は『神の代理人』だ」

と、十津川は、いった。

「日付も、十月二十五日に、なっていますね」

と、亀井も、自然に、険しい目つきになっていた。

十津川は、その絵馬を、外すと、近くの社務所に持っていった。そこでは、絵馬や、お守りが、売られている。

十津川は、白装束の相手に向かって、

「この絵馬を、書いた人を、覚えていませんか？」

と、きいた。

相手は、困惑した顔になって、

「絵馬を、売ったのはここですが、そこに文字を書いたのは、お買いになった方ですし、私どもは、その書いた人を、見ているわけではありませんから、何とも、いえません」

と、いった。

「この絵馬を、ここで、売ったことは、間違いないんですね？」

と、十津川が、きいた。

「そうですが、何を書こうと、お買いになった方の、自由ですから。今もいったように、それを書いた人は、わかりませんよ」

と、社務所の人間は、いった。

「ここには、十月二十五日と、書いてありますが、おそらく、これを、買ったのは昨日二十六日だと思うんです。朝からここで、何枚ぐらいの絵馬が、売られたんですか？」

十津川が、きいた。

「ここで、昨日売ったのは、確か、二十四枚ですが」

と、相手は、いった。

(二十四枚か）と、十津川は、思った。

その二十四枚を、全部覚えているのは、おそらく、無理だろう。

第一、絵馬を買った、二十四人のうち、誰がこの文字を、書いたかは、わからないのだ。

十津川は、警察手帳を、相手に見せてから、

「私たちは、警視庁の人間で、東京で、起きた連続殺人事件の捜査を、しています。その捜査に、この絵馬が、必要なのですが、お借りしていって、かまいませんか？」

と、きいた。

相手は、また、当惑した顔になった。

「その絵馬は、あくまでも、お買いになった方のもので、それを、警察に渡していいものかどうか――」

「東京で起きている、連続殺人事件のことは、ご存知ですか？」

と、十津川が、きいた。

「ええ。確か、女性ばかり三人が、殺された事件でしょう？　ニュースで、見ています」

と、いった。

「実は、十月二十五日の夜、三人目の女性が殺されているのです。そのうえ、殺した犯人は、神が人を殺したと書いたメモを残しています。そして、私たちがここに来てみると、この妙な絵馬が、目についたんですよ。日付が十月二十五日と、書いてありますし、神に向かって『あなたに代わって、また罰を与えた』と書き、しかも、署名は『神の代

理人』です。どうみても、この絵馬は、東京の連続殺人事件と、関係があると思うんですよ」

と、十津川は、いった。

今度は、相手は、奥に消えて、誰かと、相談したらしい。戻ってくると、

「その絵馬は、お持ちになって、結構ですが、あくまでも、それは、買った方のものですから、後で、お返しになっていただきたいのですが」

と、いった。

「もちろん、事件が、解決すれば、必ずお返しします」

と、十津川は、約束してから、その絵馬を、大切に、ハンカチに包んで、ポケットに入れた。

そのあと、亀井と二人で、並んでいるそば屋の一軒に、入って、少し遅い、昼食を取ることにした。

名物の、出雲そばである。二人は、三色そばを注文してから、そのそばが、できてくる間、もう一度、ハンカチに包んだ絵馬を、テーブルの上に、置いて、見つめた。

「もし、これが、連続殺人事件の犯人が、書いたものだとすると、どういうことに、なりますか?」

と、亀井が、きいた。

「まず第一に、犯人は、十月二十五日の夜、田園調布で、大岡香代子を殺した。そして、

翌日、この出雲大社に、やってきて、この絵馬を、書いたことになる」

と、十津川は、いった。

「ここには『神に代わって、また罰を与えた』と書いてありますね。自分が、まるで、神の代理人のような、気持ちでいるんでしょうか？」

と、亀井が、きいた。続けて、

「十月には、東京には、神がいないから、いなくなった、神の代わりに、自分が、人を殺したというわけですか？　どういう、神経なんですかね？」

「だから、犯人は、この絵馬に『神の代理人』と、署名しているのさ。つまり、神の代わりに三人を、殺したというわけだよ」

と、十津川は、いった。

三色そばが運ばれてきたので、絵馬を、もう一度、ハンカチに包んでしまい、昼食を、食べ始めた。

色が黒く、コシがあって、香りの高い出雲そばである。卵、とろろ、大根おろしの三色そばは、コシが強いのに、やわらかみがあって、旨《うま》かった。

そばを食べ終わると、亀井が、

「今考えたんですが――」

と、十津川に、いった。

「この絵馬を、連続殺人事件の犯人が、書いたものとすると、第一、第二の殺人事件の後にも、同じように、犯人は、出雲大社に来て、同じように、絵馬を奉納したのではないでしょうか？　何しろ、最初の事件は、十月十五日で、十月です。だからこの時も、神々が全部、この出雲大社に集まって、しまっている。犯人はいなくなった、神の代りに、殺人をやり、その報告に来た。そういうことは、考えられませんか？」

と、亀井が、いった。

「その考えは、面白いよ」

と、十津川は、いった。

「もう一度、出雲大社に引き返しますか？」

と、亀井が、いった。

「よし、引き返して、あそこに、奉納されている絵馬を全部調べてみようじゃないか」

十津川が、いった。

6

出雲大社に、奉納されている絵馬は、膨大な数だった。それを、二人は、端から一枚ずつ、見ていった。

まず、十月二十日の、日付の書かれた絵馬が、見つかり、次に、十月十五日の絵馬が見つかった。どちらも、同じような文言だったが、少しずつ違っていた。

十月十五日の日付の入った絵馬には、こう書かれていた。

〈神よ。あなたに代わって、一人の女に、罰を与えました。神の代理人〉

そして、十月二十日の日付の書かれた絵馬には、こう書かれていた。

〈神よ。あなたに代わって、二人目に罰を与えました。神の代理人〉

そして、三枚目の絵馬は、十月二十五日の日付になっていて〈あなたに代わって、また〉と書かれている。

十津川たちは、もう一度、社務所に寄って、新しく見つけた、二枚の絵馬を見せて、その二枚も、捜査のために、一時借りることを、了解してもらった。

十津川と亀井は、三枚の絵馬を持って、その日のうちに、東京の捜査本部に戻った。

その夜、捜査会議が、開かれた。もちろん、捜査会議のテーマは、十津川と亀井が持ち帰った絵馬の扱いである。

十津川は、その絵馬を、三枚並べて、黒板に、ぶら下げた。

十津川は、その後で、三上刑事部長に向かって、

「この絵馬は、今回の連続殺人事件の犯人が、書いて、出雲大社に、奉納したものと思われます」

と、いった。

三上は、その三枚に、目をやってから、

「確かに、この絵馬に書かれた文言を、見ると、連続殺人事件の犯人が、書いたものだ

と、断定していいかも、知れないな。出雲大社の社務所の人間は、この絵馬を、買った人間を、覚えていたのかね？」

と、きいた。

「絵馬を買った人間は、その場では、肝心の文言を、書いていませんから、社務所の人間は犯人を、覚えてはいないんです」

と、十津川は、いった。

「しかし、十月に入って、犯人は、三回、出雲大社を、訪れて、三枚の絵馬を、買ったんだろう？　それなら、社務所の人間は、おぼろげながらでも、買った相手を、覚えているんじゃないかね？」

と、三上が、きいた。

「確かに、三枚の絵馬を、買っていますから、社務所の人間は、おぼろげには、覚えていました。しかし、同じ人間が、三枚の絵馬を、売ったわけではありませんから、その記憶も、今もいったように、おぼろげなんです。そのおぼろげな、記憶によりますと、買ったのは、中年の男で、身長は、百七十五、六センチ、三回とも、きちんと、背広を着ていたそうです。社務所の人間二人が、この三枚の絵馬を、売ったようなんですが、それによると、その男は、端整な顔を、していて、一見、サラリーマン風だったと、いっております。それも、エリート風のサラリーマンに、見えたといっています」

と、十津川は、いった。

「エリート風の人間か」

　と、三上は、つぶやいた。

　その後で、三上は、

「犯人は、三人もの女を、殺している。そして、一人殺すごとに、出雲大社に行って、この絵馬を、書いたというわけだな？」

「そのとおりです」

「しかし、どういう神経なんだろう？　いちいち、出雲大社に行って、そこに集まっている神々に殺人を報告するというのは」

　と、三上は、十津川を見た。

「確かに、異常な神経です。しかし、犯人の頭の中では、別に、異常とは映っていないと思います。この絵馬にも『神の代理人』と署名しています。ですから、自分の行為は、神の行為だと、信じているんじゃないでしょうか？」

　と、十津川は、いった。

「しかし、どうして、神が、人を殺すんだ？　そんな神が、いるのかね？」

　と、三上が、いった。

「犯人は、いると思っているんでしょう。だから、絵馬に『罰を与えた』と書いているんです」

　と、十津川は、いった。

「閻魔大王《えんまだいおう》の気分で、いるのかね。閻魔大王みたいに、お前は、地獄へ行け、お前は、天国へ行けといいながら、三人の女を、殺したのかね？」

と、三上が、ぶ然とした表情で、いった。

「この犯人は、間違いなく、三人の女を、殺す時、彼女たちに、向かって、自分が、神に代わって、罰を与えたと、思っている筈《はず》です。つまり、彼女たちは、罰を与えるのに、ふさわしい女だと思っていたに、違いありません」

と、十津川は、いった。

「しかし、三人はみんな、いい人たちなんだろう？」

と、三上が、いった。

「そのとおりです。広池ゆみは、真面目な女子大生ですし、三井恵子も、しっかりとしたＯＬです。そして、今回殺された、大岡香代子は、三十五歳で立派に、宝石店を経営し、女性実業家といわれています。どの女性を取ったって、神から、罰を与えられて、いい女性はおりません」

と、十津川は、いった。

「それなのに、どうして、犯人は、罰を与えるのにふさわしい女だと、思ったのかね？」

三上が、きいた。

「犯人は、女性に対して、特別な意識を、持っているのでは、ないでしょうか？」

と、亀井が、いった。

「特別な意識って、どういうものだ？」

と、三上が、きく。

「はっきりとは、わかりませんが、たとえば、犯人にとって、女性というものが、憎むべき対象なのではありませんかね？　そんな気がしてしかたがないのですが」

と、亀井が、いった。

「女性に対する特別な、屈折した意識か」

と、三上が、いった。

「何か、犯人には、特別な、幼児体験のようなものがあるのではないでしょうか？　それで、女性に対して、屈折した意識を、持つようになってしまった。そして、女性を殺す衝動にかられた。それを正当化するために、殺したのは自分ではない。これは、神が殺しているんだ、そう思い込んでいるのではないでしょうか？」

と、亀井が、いった。

「異常な、幼児体験か」

と、また、三上が、いった。

「子供の時、女性から、性的な虐待を受けたのかも、知れません」

と、十津川が、いった。

「それが、今になって、女性を憎むようになり、殺人にまで、発展したということかね？」

と、三上が、いった。

「そう考えられます。また、犯人の家というのは、異常というほど、信仰心が、篤《あつ》かったんじゃないでしょうか？　そうした宗教的な雰囲気の中で、犯人は、育ったんじゃないかと思います。そのくせ、犯人は、幼い時、女性から、性的な虐待を受けた。異常に強い、宗教的な雰囲気の中で育てられたため、彼の頭は、混乱し、自分を、正当化するために、神が、自分に命じて、女性を殺させていると思い込んでいるのではないかと、思いますが」

「もし、そうだとすると、犯人は、また女性を、殺すんじゃないのかね？　何しろ、犯人は、自分が、女を殺しているんじゃない。神が、殺していると思っているんだろう？　そうなら、罪悪感は、ないはずだ。だから、何人でも、女を殺すんじゃないのかね？」

と、三上は、いった。

「その恐れは、十分にあります」

と、十津川は、いった。

「それなら、一刻も早く、犯人を、見つけて逮捕したまえ」

と、三上は、強い口調で、いった。

第三章　犯人像

1

「あと三日ですね」

と、亀井が、暗い表情で、十津川に、いった。

「十月三十日か」

と、十津川も、つぶやいた。

「犯人は、五日ごとに殺人を、犯しています。とすれば、次に、殺人を犯すのは、十月三十日ということに、なります。それまで、あと三日しかありません」

と、亀井が、いった。

「今のままでは、それまでに、犯人像すらつかめないな」

と、十津川が、いった。

「犯人像が、わからなければ、三日後の、第四の殺人を、防ぐ方法が、ありません。何しろ、東京には、成人の女性だけでも、何十万人と、いるはずですから」

と、亀井が、いった。

「それなんだがね」

と、十津川が、考えるように、いった。

「犯人は、殺人のたびに、妙なメッセージを、残している。『神が人を殺した』とか『神々はまだ飢えている』と、いったメッセージだ」

「犯人は、自分が、神だと、思っているんじゃ、ありませんか？」

と、亀井が、いった。

「問題はその神なんだよ。犯人は、どういうつもりで、神という言葉を、使っているのだろうか？」

「それは、考えたことが、ありませんでした。とにかく、犯人は、絶対的な、神のような力を、妄想していて、その神に、代わって、殺人を犯しているのだと、思っていますが」

と、亀井が、いった。

「万能の神という意味では、カメさんのいうとおり、神は、絶対的なものだ。しかしだね、犯人は、なぜか、殺人を犯すたびに、出雲へ行って、それを、出雲大社に、報告しているんだ」

と、十津川は、いった。

「そうでしたね。確かに、今度の犯人は、三人の女性を、殺して、そのたびに、出雲大社に行っては、絵馬に書いて、そのことを、報告しています。しかし、そのことと『神が人を殺した』とか『神々は飢えている』といったメッセージとは、いったい、どんな関係が、あるのでしょうか？」

と、亀井が、いった。

「いいか、カメさん。出雲大社の祭神は、大国主命《おおくにぬしのみこと》だ。大国主命というのは、神々の中でも、いちばん、やさしい、神様じゃないか。白ウサギを、助けたといわれているし、縁結びの神としても、知られている。そんな、やさしい神様を、祀《まつ》っている出雲大社に、行ってだね、どうして、犯人は、自分の殺人を、報告しているのだろう？」

と、十津川は、いった。

「確かに、出雲大社の祭神は、大国主命で、やさしい神で、通っています。そんな、出雲大社の神が、殺人を、許すなんてことは、まず、考えられません。それなのに、どうして犯人は、出雲大社に、行ったのでしょうか？　私は、ただ単に、十月ということで、日本中の神様は、全部出雲に集まっているから、犯人も、そこに行ったんだと、思っていたんですが、確かに、おかしいことは、おかしいですね」

と、亀井は、いった。

「おかしいことは、もう一つある」

と、十津川は、いった。

「どんなことでしょうか？」

「『神が人を殺した』『神々は飢えている』というメッセージだけを、見ると、最初、カメさんがいうように、万能の神で、絶対的な力を持っている神を、想像したが、それなのに、犯人は、出雲大社に行っているんだ。ということは、犯人の考えている神というのは、ひょっとすると、日本的な神なのかも、知れないね」

と、十津川は、いった。

「日本的な神って、どういうものでしょうか？　私の家は、仏教ですから、よく、わかりませんが」

と、亀井が、いった。

「正直にいうと、私も、仏教徒でね。神様のことは、漠然とは、わかっているのだが、本当の日本的な神というものが、どういうものなのか、わかっていないんだ。だから、これから、勉強しようと思っている」

と、十津川は、いった。

十津川と亀井は、日本の神々に関する、資料や書物を、大急ぎで、かき集めて、即席の勉強をした。それで、何とか、神々に対する知識を、頭に入れることが、できた。

日本には、八百万《やおよろず》といわれる数多くの神々がいる。神社というのは、神が住む家という意味で、大社といえば、大きな住まいということになる。

日本でいちばん大きな神社は、伊勢《いせ》神宮と出雲大社である。

元々、日本の神というのは、人間が死ぬと、しばらく地上にいて、それから天界に昇って神になると信じられていた。一つの村で、その村の祖先神が氏神として祀られ、それが鎮守の森となって、村を守る神になる。村人が氏子である。それが次第に大きな集落になっていって、神社も大きくなっていった。

元々、日本では、死んだ人間が神になる。その典型的な例が、乃木《のぎ》神社や東郷神社だろう。

だから、日本でいう神は、キリスト教のような、絶対的な神ではない。

中でも、いちばん十津川の興味を、引いたのは、日本の神には、二面性があるということ、である。

それを「和魂《にぎみたま》」と「荒魂《あらみたま》」と呼んでいる。

和魂は、温和でやさしい神、荒魂は、荒々しく、時には、人間に害を及ぼす神のことである。

しかし、それぞれの神が、あるわけではなくて、日本の神には、この二つの性格が、同時に具《そな》わっている。

つまり、日本の神は、時には、やさしいが、時には、荒々しく、人に害を、及ぼすことがある。「触らぬ神に祟《たた》りなし」というのは、その辺を、いい表した言葉だろう。

出雲大社の祭神である、大国主命は、和魂だが、もちろん、大国主命にも、和魂のほかに、荒魂がある。

ただ、出雲大社の場合は、荒魂のほうの大国主命は、別の神社に、祀られている。

その神社の名前は、奈良の大神神社《おおみわ》である。この大神神社の祭神は、大物主神《おおものぬしのかみ》だが、これは大国主命の、荒魂の一面を示す祭神になっている。

この大物主神は、大国主命と一心同体だが、崇神《すじん》天皇の時代には、疫病を、流行《はや》らせて人々に、祟ったといわれている。

つまり、日本の神は、大国主命でも、やさしさと同時に、怖さも、持っているということである。

そして、おそらく、犯人は、その怖さの面を崇拝しているのではないか？

十月には、日本中の神々が、出雲に集まるから、当然、大物主神も、出雲に来ている筈《はず》である。

2

「私は、今回の犯人は、どこかで、日本の神と、つながっているような気が、するんだ」

と、十津川が、いった。

「どんなふうにですか？」

と、亀井が、きく。

「普通、われわれは、日本の神様というのは、お祭りが、あって、神輿《みこし》があって、結婚式を、挙げるとか、病気を、治すとか、そういうことでお祈りを、する。そういう神様だと、思っているものだ。神には、二面性があって、温和な面と、恐ろしい面があるとは、普通の人は、なかなか、考えない。そうじゃないか？　しかし、今回の犯人は、日本の神に、二面性があることを知っているんだ。そして、その恐ろしい神に代わって、自分が人を、殺している、そう思っている」

と、十津川は、いった。

「つまり、犯人は、どこかの神社の、神主の一人だと、いうことですか？」

と、亀井が、きいた。

「神主なら、人殺しは、しないだろう」

と、十津川は、いった。

「そうしますと、父親か、あるいは、祖父が神主だが、自分は、その神主になれなかった男と、いうことですか？」

「犯人は犯行のあと、出雲大社へ行っている。恐らく、十月には、大国主命の荒魂の面を具現している大物主神も来ていると、信じているんだ。そういう人間だよ。普通の男なら、そんなことは考えないだろう」

「しかし、それでは、漠然としすぎて、いますね」

と、亀井が、いった。

「じゃあ、少しずつ、範囲を、せばめていこう」

と、十津川が、いった。

「もし今、問題の神社が、ちゃんとしていて、神主が、健在ならば、今回の事件について、何らかの連絡を、警察にしてくるんじゃないのかな。その神主は、息子か、身内の誰かが、神の名で殺人を、犯していることに、気がつくだろうからね」

と、十津川は、いった。

「すると、問題の神社は、もうなくなっているということですか？」

と、亀井は、きいた。

「そう考えたほうが、自然だと思うね。その神社はなくなっていて、神主も、いない。だから、今回の殺人事件について、何もいってこないんじゃないかな」

と、十津川は、いった。

「そんな神社が、あるでしょうか？」

と、亀井が、きいた。

「私は、こんなふうに考えてみた」

と、十津川は、いった。

「今、その神社は、なくなっていて、神主もいないと、いったが、どんな小さな神社にも、氏子というものが、いる。だから、そこの氏子たちが、健在であるなら、氏子の中には、今回の事件を知って、何か考えるところがあれば、警察に、いってくるはずだ。それもないから、氏子も、今は、いなくなっているんじゃないのだろうか？」

「神社もなくなり、神主もいない。そして、氏子も、いなくなっているというのは、どういうことですか？」

と、亀井が、きいた。

「たとえば、その村、集落がなくなって、しまっているという、ことだよ」

と、十津川は、いった。

「なくなったといいますと？」

「ダムの建設とか、あるいは、人々が、その村に、住まなくなってしまった。そういうことじゃないかな」

と、十津川は、いった。

「さっそく、そういう村を探してみましょう。しかし、いつごろなのか、わからないと、探すのは、大変でしょう？」

と、亀井は、いった。

「犯人は、十月になって、突然、東京で、殺人を始めたんだ。ということは、その村が、なくなったのは、最近のことに思える。もし、何年も前に、村も神社も、なくなっているのなら、犯人は、もっと、早くから殺人を、やっていたはずだからね」

と、十津川は、いった。

「では、その線で、調べてみようじゃありませんか」

と、亀井は、いった。

3

刑事たちは、全力をあげて、問題の神社を、探すことになった。

その神社が、なくなったのは、少なくとも、今年に入ってからに、違いない。去年の十月以前に、なくなっていれば、犯人は、今年ではなく、去年の十月に出雲大社に、行って、絵馬を奉納しているはずだからである。

そこで、今年に入ってから、なくなった神社と村を、探すことになった。

刑事たちが調べた結果、該当する村は、一つしかなかった。

島根県の沖合いにある、小さな島である。島の名前は、祝島で、人口は、最も多かった時でも、百二人しかいなかった。

その島には、神社が一つあった。村人の多くは、漁業に従事していたが、数年前から、魚が獲《と》れなくなり、その上、祝島という名前なのに、村人の間に、不幸が重なって、島を出て行く者が多くなり、ついには、今年の七月になって、島民のすべてが、祝島を、去ってしまったのである。

当然、村にあった神社も、なくなってしまった。その神社は、二年前の夏に、七十二歳の神主が、亡くなっていたから、神社自体も消える運命に、あったのかも知れない。

十津川と亀井は、すぐ、その島に、いってみることにした。

正確にいえば、島根県松江市島根町の、沖合いにある島で、ある。

十津川と亀井の二人は、島根町の海岸にある、駐在所に行って、沖に見える島につい

て、話をきくことにした。

駐在所の巡査は、五十六歳で、地元の人間だった。沖にある祝島についても、よく知

っていた。

「あの島は、漁業が、成り立たなくなって、島民が全員、島を、出てしまったそうだ

ね？」

と、十津川は、岡村という駐在の巡査に、きいた。

岡村は、沖合いの島に、目をやりながら、

「魚が獲れなくなって、島民が、島を捨てたのは確かですが、それ以外に、いろいろと、

あるんですよ」

と、いった。

「そのいろいろというのを、きかせてくれないかね？」

と、十津川が、いった。

「これは、大きな声じゃいえないんですが、あの島は、祝島と、呼ばれていますが、最

近になって、島民が、何人か、続けて死んでいるんです。それも、原因不明でしてね。

それで、何か、祟《たた》りに違いないと、島民が恐れだして、ついには、全員が島を捨ててし

まったんです」

と、岡村が、いった。

「あの島には、神社が、あったそうだね?」

と、亀井が、きいた。

「そうです。島の守り神みたいな、神社がありました。立派な神主も、いましたよ」

と、岡村が、いう。

「確か、その神主は、二年前に、死んだんじゃなかったかね? そんなふうに、きいたんだが」

と、十津川は、いった。

「そうです。島民たちの尊敬を集めていた神主さんだったんですがね。その人が、突然、二年前に、亡くなりました」

と、岡村が、いった。

「その神主には、家族は、いなかったのかね?」

「息子さんが、一人いました。しかし、その息子さんは、現在、行方不明に、なっていますよ」

と、岡村は、いった。

「どんな息子だったんだ?」

と、十津川が、きいた。

「神主さんは、息子だといっていたんですが、それがどうも、違っていたようで」

と、岡村が、いった。

「どう違うのかね？」

「神主さんは、立派な人なんですが、その息子という人は、どうも、日頃から言動が、おかしくて、島民からは、何となく、恐れられていたようです」

と、岡村が、いった。

「どんなふうに、恐れられていたんだ？」

「神主さんは、穏やかな人だったんですが、その息子という人は、何かというと、神罰が、下るとか、不信心な人間は、死んだほうがいいとか、激しい口調で、氏子を、怒鳴っていたそうです」

と、岡村が、いった。

「その息子の名前は、わからないかね？　それに、彼の写真が、あればいいんだが」

と、十津川は、いった。

「その神主さんの名前は、神木といっていました。神様の神に、樹木の木です。当然、息子の名前も神木ですが、何ていいましたっけな？　確か、神木洋介と呼ばれていたような気がします」

と、岡村が、いった。

「その島で、何人かが、不審な死に方を、しているんだろう？　そのことと、その神木洋介という神主の息子とは、何か、関係があるんじゃないのかね？」

と、十津川が、いった。

「そうですね。島民の中には、死人が出ると、ひょっとすると、神主の息子のせいじゃないかという人も、いたようですが、しかし、証拠は、ありませんからね」

と、岡村は、いった。

「あの島へ渡れないかな？」

と、十津川が、いうと、岡村巡査は、

「漁船を、頼んできましょう。船で行けば、十五分で着きますから」

と、いった。

4

十津川と亀井は、岡村巡査の、用意してくれた漁船に、乗って、沖に見える祝島に、向かった。

岡村のいったとおり、十五分たらずで、漁船は、祝島に着いた。

小さな岸壁があり、そこに着いて、二人は、岡村巡査と一緒に、島に上がった。

岸壁の近くに、何軒かの、家並みが見えた。しかし、どの家も、戸が閉まっていて、その上、屋根瓦《やねがわら》が、割れ落ちたり、くもの巣が、張っていたりしていた。

その海岸から、三人は、島の中央部に向かって山道を登っていった。

まだ道は残っていたが、それでも雑草が生《は》え、ところどころ、木が倒れていたりして、登るのは、大変だった。

かなり急な道を、二十分ほど登って行くと、そこに、神社があった。

小さな鳥居があり、小さな社がある。

そして、社務所らしいものがあって、その隣りには、たぶん、神主が、住んでいたのであろう家があった。

もちろん、その家も、屋根瓦が落ち、壁が崩れかけている。

神社の裏山に、登ると、小さな島が、一望できた。景色は、いいし、今日は、海も穏やかである。

小鳥の声がきこえる。人がいないだけに、その小鳥の声は、はっきりと、きこえた。

「確か、今年の七月に、島民が、全部去ったんだったね？」

と、十津川は、岡村に、きいた。

「そうです。七月二十日に、最後の島民が、この島を、去りました。その時には、すでに、二十人ぐらいに、なっていましたかね」

と、岡村が、いった。

「その人たちは、今、どこに、住んでいるんだろう？」

と、亀井が、きいた。

「おそらく、島根県の中に、散らばったんでしょうが、はっきりしたことは、私にも、わかりません」

と、岡村は、いった。

「神主の息子の神木洋介という男は、何歳ぐらいなんだ？」

と、十津川は、きいた。

「確か、三十五、六歳だと思います。詳しいことは、島根町の、町役場に行けば、わかると思いますが」

と、岡村は、いった。

「この穏やかな島の中で、何人かの人が、死んでいったのか」

と、十津川は、つぶやいた。

「そうです。何人かが、奇妙な死を遂げたので、それも、島民が、島を捨てた原因の一つに、なっています」

と、岡村は、さっきと同じ言葉を、繰り返した。

「具体的に、どんな死に方を、したんだ？」

と、亀井が、きいた。

「ここの鎮守の森で、首を吊《つ》った島民もいます。七十歳近い老人で、魚が獲《と》れなくなったことを、悲観して自殺したんだろうという話も、ありましたが、それも、証拠はないんです。また、向こうの岸壁から落ちて、水死した女性も、いましたが、それだって、事故かどうかは、わからないんです。四十八歳の女性で、泳げたはずなのに、どうして水死したのか、それも、わかりません。ほかにも、崖《がけ》から落ちて、死んだ老人も、いました。そんな、事件というか、事故が、立て続けに起きましてね。祝島なのに、これでは呪島だと、島民が怖がってしまったんです」

と、岡村は、いった。

5

十津川と亀井の二人は、島根町に、引き返すと、町役場に、足を向けた。

町役場の、戸籍係の話によると、今年の七月二十日に、島民が島を捨てた時、島にいた人間の数は、全部で二十一人。その二十一人が、今どこにいるか、十津川と亀井は、戸籍係に調べてもらった。

島民の多くは、島根県内で今も、暮らしていたが、問題の神主の息子、神木洋介については、

「今、どこにいるか、わかりません」

と、戸籍係は、いった。

「どうして、わからないのですか？」

と、十津川は、きいた。

「この住民票によると、出雲市内に、住んでいることになっていますが、先日、連絡を、

取ろうとしたら、もうそこには、住んでいないのです。ただ、住民票を移していないので、現在、どこに住んでいるのか、わかりません」

と、戸籍係は、いった。

「この神木洋介の写真は、何か、ありませんか？」

と、亀井が、きいた。

「写真は、ここには、ありませんね」

と、戸籍係は、いう。

「どこかで、手に入りませんか？」

と、十津川は、いう。

「わかりませんが、出雲市内の住所ならわかります。そこへ行けば、神木さんの写真が、手に入るかも知れませんよ」

と、戸籍係は、いった。

6

十津川と亀井の二人は、町役場で、教えられた出雲市内の住所を、訪ねてみた。

そこは、出雲大社近くの、マンションで、管理人にきくと、神木洋介は、ここに七月末から、九月の初めまで住んでいたという。

「妙な人で、何もいわずに、突然、姿を消して、しまったんですよ」

と、管理人は、いった。

「神木さんの写真は、ありませんか？」

と、十津川は、きいた。

「何しろ、二カ月足らずしか、いなかった人ですから、写真もないし、今もいったように、行き先も、わからないんです」

と、管理人は、いった。

「しかし、神木さんの顔は、覚えているでしょう？」

と、十津川は、いった。

「ええ。覚えてはいますが」

「それなら、似顔絵を、作りたいので、協力してください」

と、十津川は、いった。

十津川は、マンションの管理人と、もう一人、神木洋介の隣りに住んでいたという、主婦の二人に、協力してもらって、似顔絵を、作ることにした。

一時間ほどで、その似顔絵が、出来上がった。岡村巡査がいうように、三十五、六歳の、男の顔である。

目付きは鋭いが、それでも、理知的で、整った顔ということが、できるだろう。

その似顔絵が、出来上がると、十津川と亀井は、今度は、祝島に住んでいた、島民に、会ってみることにした。

島根町役場で教えられた、島根県下にいる人間の中から、玉造《たまつくり》温泉近くに、住んでいる老夫婦を、訪ねることにした。

7

その老夫婦は、現在、農業をやっていた。

新築の家に、島から引っ越して来たのである。

夫のほうは、七十歳、妻のほうは、六十八歳に、なっているという。日焼けして、いかにも、たくましい感じだったが、それでも、島を捨てたことで、どことなく、元気がなかった。

十津川は、その夫婦に、神社の神主のことと、息子のことを、きいてみた。

「あの神主さんは、いい人でね。みんな尊敬していたんですよ」

と、夫のほうが、いった。

「でも、あの息子のほうはね」

と、妻のほうが、小さく、ため息をついた。

「島の人たちは、その息子、神木洋介を怖がっていたときいたんですが？」

と、亀井が、いった。

「そうですよ。怖がっていましたよ」

と、夫が、いった。

「それは、どうしてですか？」

と、十津川は、きいた。

「神主さんが、生きている時は、そうでもなかったんですけどね。二年前に、神主さんが、死んでから、息子さんが、神主の代わりをやるようになりましてね。何かにつけて、神罰が、当たるとか、ろくな死に方をしないとかいって、氏子を、脅かすんですよ。そして、その言葉どおり、何人かの人が、死んでしまいましたからね。それで余計、怖くなったんです」

と、妻のほうが、いった。

「この似顔絵を、作ったのですが、その神木洋介という男に似ていますか？」

と、十津川は、作成した似顔絵を、二人に見せた。

「ええ。よく似ていますよ」

と、夫のほうが、いい、妻のほうは、

「よく似ているけれど、もっと怖い感じでしたよ」

と、いった。

「この神木洋介ですが、今、どこにいるか、知りませんか？　七月に、島を出てから、九月まで出雲市内に住んでいたようなのですが、それから、急に行方が、わからなくなってしまっているんです」

と、十津川は、いった。

「まったく知りませんよ。それに、あの神主の息子のことは、思い出したくないから」

と、老夫婦は、異口同音に、いった。

8

十津川と亀井は、もう一人、祝島の元島民で、現在、鳥取県のほうに、住んでいる老人に会った。

島では、氏子の代表だったという、八十歳の老人だった。

氏子の代表だったというだけあって、鈴木というその老人は、島の神主のことも、神主の息子の神木洋介のことも、詳しく知っていた。

「死んだ神主さんは、いい人でね。みんな慕っていましたよ。よく神主さんのところに、集まって、酒盛りをしたり、祭りの稽古《けいこ》をしたり、それは、楽しかった」

と、鈴木は、いった。

「その息子の神木洋介のほうは、評判が、悪いようですね？」

と、亀井が、いった。

「そりゃあ、評判は、よくないね。だって、氏子を脅かすんだから」

と、鈴木は、いった。

「神罰が、当たるとかいって、脅かしたそうですね？」

と、十津川が、いった。

「そうですよ。あの息子は、ちょっと変わっていましてね。こんなことをいっていました。この神社の神様は、島民を、守ると同時に、逆らうような、島民に対しては、容赦なく神罰を、下すんだ。神というものは、大体そういう二面性を、持っている。最近、島民たちが、あまり神を、信じようとしないから、神様は怒って、お前たちに、神罰を下そうとしている。魚が、獲《と》れなくなったのだって、何だって、すべて、神が、怒った証拠なんだ。そんなことを、いっていましたね」

と、鈴木は、いった。

「何人かの島の人たちが、わけのわからない死に方を、したんでしょう？　そう、ききましたが」

と、十津川が、いった。

「そうなんですよ。自殺をしたり、事故死をしたりしましたからね。それを、あの息子さんは、すべて、神の怒りだ、天罰だと、いっていましたね」

と、鈴木は、いった。

「それを、氏子さんたちは、信じたのですか？」

と、亀井が、きいた。

「信じるより、しょうがないでしょう」

と、鈴木が、いう。

「どうしてですか？」

と、十津川が、きいた。

「あの島はね、犯罪なんか、ここ何十年間か、一件も、起きていないんですよ。そういう島で、人が死ねば、自殺か、それとも、事故死のどちらかしか、考えられないじゃないですか」

と、鈴木は、いった。

「殺されたということは、まったく、考えなかったんですか？」

と、十津川が、きいた。

「今もいったように、あの島は、人殺しなんて、なかったんです。ですから、誰も、人殺しなんて、思いませんでしたよ」

と、鈴木は、いった。

「神主の息子の神木洋介ですが、今、どこにいるか、わかりませんか？」

と、十津川は、同じ質問を、鈴木にもぶつけてみた。

「残念ですが、わかりませんね。しかし、もう山陰には、いないんじゃないですか？島根か鳥取にいれば、自然に、ウワサが、きこえてきますからね」

と、鈴木は、いった。

「東京に、行っているということは、考えられませんか？」

と、十津川は、きいた。

「東京ですか？」

と、鈴木は、つぶやいてから、

「そうですね。あの息子さんには、ひょっとすると、田舎よりも、都会のほうが、向いているかもしれませんよ。とにかく、いつも、ぴりぴりしていて、のんびりしたところのない人でしたから」

と、鈴木は、いった。

9

十津川と亀井は、問題の似顔絵を持って、その日のうちに、東京の捜査本部に、戻っていった。似顔絵をコピーして、刑事たち全員に渡してから、捜査本部長の三上刑事部長にも見せた。

その日の夜遅く始まった捜査会議で、十津川が、似顔絵の主について、説明した。

「この男は、年齢三十六歳、島根県の沖合いに、浮かぶ小さな島、祝島で、神主の息子として育ちました。神主は亡くなり、島民たちも、島を捨てたため、島にあった神社も、荒れ果てて、今は、誰も、住んでおりません」

と、十津川は、三上に、説明した。

三上は、似顔絵を見ながら、

「君は、この男が、連続殺人事件の、犯人だと思っているのかね？」

と、十津川に、きいた。

「正直にいって、犯人だという、証拠は、ありません。すべて、私の想像でしかありませんから」

「そんなあいまいなことでは、困るじゃないか」

と、三上が、眉《まゆ》をひそめて、いった。

「証拠もない男の似顔絵を、元にして捜査をやったら、誤認逮捕することに、なるんじゃないのかね？」

「確かに、その恐れは、あります」

と、十津川は、認めてから、

「しかし、問題は、時間です。この犯人は、五日ごとに、女性を殺していますから、四人目を殺すのは、おそらく、十月三十日です。あと二日しか、ありません。となると、ただ漠然と、犯人を追っていたのでは、捕まえることは、できそうもありません。誤認逮捕の恐れもありますが、この似顔絵を、犯人像として、捜査をしたほうが、いいんじゃないかと、私は思います」

と、十津川は、いった。

「しかし、前にも、似顔絵が間違っていて、誤認逮捕を、したことがあったじゃないか」

と、三上が、いった。

確かに、刑事部長のいうことにも、一理があるのだ。

二年前に起きた、殺人事件では、目撃者のあいまいな証言を、元に似顔絵を作り、それによって捜査を進めた。そのため、誤認逮捕に、なってしまった。

確かに、その二の舞いになる、恐れもあった。

「では、あと一日、この似顔絵は、しまっておき、もう少し調べます」

と、十津川は、いった。

翌日になって、岡村巡査から、十津川あてに、ファックスが、届いた。

10

〈神木洋介について、その後、わかったことがありますので、それを、ファックスで、お送りいたします。

その後、散らばっている、祝島の元島民に会って、話をきいたところ、神木洋介について、次のような、証言を、得られました。

神木洋介は、祝島の神社の神主である神木正二郎の実子ではありません。

神主は、実子だと、氏子に説明していたが、本当は、三十六年前、祝島に来た、観光客の女性が産み落して、その育児を、神主に頼んで、姿を消したものだったとわかりました。

この話を、知っているものは、島民の中に、何人かいましたが、神主を、尊敬していたので、そのことを、誰にももらさずにいたのです。

しかし、尊敬する神主さんが、死んでしまったので、そのことを、私に話すことにしたといっておりました。

つまり、神木洋介という男は、母親に捨てられていたというわけです。

神主さんは、仕方なくというか、それを、天からの授かりものとして、役場に届け、そして、三十数年間、育ててきたというわけです。そのためか、神木洋介という人は、母親を含めた、女性全般に、憎しみを抱いていたようです。

このことは、島民の中でも、特に女性に対して、神木洋介が、やたらと、神罰が、当たるとか、女は信用できないとか、いっていましたから、それは、母親に対する、憎しみの、変形した現われだと人々は、いっております。

その神木洋介の行方ですが、今も、まったくわかりません。

しかし、一つだけ、情報があります。それは、島民の一人が、神木洋介を、十月の中旬に、出雲大社で、見かけたというのです。

その島民の話によると、間違いなく神木洋介で、出雲大社に、参拝していた。そういっています。

しかし、目撃者は一人だけなので、それが神木洋介だったと、断定はできません。

以上、ご報告いたします〉

11

「これで、犯人が、似顔絵の男、つまり、神木洋介であるという確率は、五十パーセントに、なったんじゃありませんか？」

と、亀井が、十津川に、いった。

「確かに、そのとおりだが、しかしまだ、五十パーセントでしかない。間違いである確率も、五十パーセントあるんだ」

と、十津川は、慎重に、いった。

「しかし、あと一日しか、ありませんよ。時間がないんです。ですから、五十パーセントに、賭《か》けようじゃありませんか？」

と、亀井が、いった。

十津川は、岡村巡査に、電話をかけた。

まず、ファックスの礼を、いってから、

「何とかして、神木洋介の書いたものが、手に入らないか？　ぜひ、彼の筆跡を、知りたいんだ」

と、いった。

「何とか、努力してみます」

と、岡村巡査は、いってくれた。

岡村巡査から、二度目のファックスが、届いた。

〈お電話で、ご依頼のあった神木洋介の筆跡ですが、やっと、手に入りましたので、お送りします。

これは、祝島の島民の一人が、持っていたものです。この老人は、もちろん、島の神社の氏子の一人で、三年前の祭りの時に、五万円を、寄付したところ、神木洋介が、神主に代わって、礼状をくれたそうで、これがその礼状です〉

と、岡村巡査は、ファックスに書き、その後半の部分に、礼状が、そのままのっていた。

〈過分の寄付をしていただき、父の神木正二郎ともども、喜んでおります。お陰で、今回の祭りは、盛大にできると、思っております。　神木洋介〉

礼状には、そう書かれていた。

十津川と亀井は、すぐに、礼状の筆跡を、出雲大社から、借りてきた、三枚の絵馬の筆跡と比べてみた。

よく似ている。

しかし、それだけでは、断定できないので、すぐに、その両方を科研に届け、専門の、筆跡鑑定官に、鑑定を頼んだ。

その日の午後になって、筆跡の鑑定結果が、十津川に、報告されてきた。

〈九十九パーセント、同一人の筆跡と考えられる〉

と、筆跡鑑定官の言葉に、あった。

「これで、五十パーセントが、七十パーセントになったんじゃありませんか？」

と、亀井が、微笑を浮かべて、いった。

「七十パーセントか」

と、十津川も、いった。

七十パーセントであれば、大丈夫だろうか？

もちろん、まだ三十パーセントの不安は、あるが、しかし、今日は、十月二十九日である。

間もなく、問題の三十日に、なるのだ。ここまで来て、誤認逮捕を、恐れてはいられなかった。

十津川は、刑事たちに向かって、

「犯人を、この似顔絵の男、神木洋介だと考えて、行動してくれ」

と、いった。

これで、犯人は一応、特定できた。

しかし、だからといって、四人目の殺人を、簡単に防げるとは、思えなかった。

おそらく、犯人はまた、この東京で、第四の殺人を、実行するだろう。しかし、今どこに、犯人がいるか、わからないし、四人目の犠牲者が、どこの、誰かということも、わからないのである。

名前が、わからないだけではない。どんな女性を襲うのかも、わかっていない。今までの、三人が、それぞれ、違っていたからだ。

犯人は、女性なら、誰でもいいのかも知れない。

となると、場所も、わからなければ、襲われる女性も、わからない。手の打ちようが、ないという感じでも、あった。

「いっそのこと、この似顔絵を、公表してみては、どうでしょうか？　マスコミが、一斉に報道すれば、犯人も、うかつに、四人目の殺人に、走れないのではないでしょうか？」

と、西本刑事が、いった。

その考えに、賛成する刑事もいたが、十津川は、首を横に振って、

「この神木洋介が犯人だという確率は、まだ七十パーセントしかないんだ。あとの三十パーセントは、不確定なんだよ。そんな状況で、この神木洋介を、連続殺人事件の容疑者として、公表することは、できないよ」

と、十津川は、いった。

亀井も、十津川に、同調して、

「マスコミに公表できるのは、この神木洋介が、犯人だという確証を、得てからだ。今はまだ無理だ」

と、いった。

「しかし、そうだとしますと、われわれは、どこの誰を、どのように、守ったらいいんでしょうか？」

と、日下が、十津川に、きいた。

「今は、次の被害者が、誰かということも、わからない。しかし、わからないからといって、手をこまねいている、わけにも、いかないんだ。あと何時間かで、十月三十日を、迎えるが、それまでに、何とか、四人目の殺人を、防ぐ方法を、考えようじゃないか」

十津川は、もう一度、刑事たちの顔を、見回した。

十津川は、神木洋介の似顔絵を、さらに大量にコピーして、東京中の警察署と、派出所に、配ることにした。

これでも、第四の殺人は、防げないかも知れないが、犯人を、監視する目は、多くなることになる。

そして、派出所に、その似顔絵が、張ってあれば、犯人は、それを見て、第四の殺人を、ためらうかも知れない。もちろん、それは、希望的観測なのだが、打つ手といえば、それぐらいしかなかった。

十月二十九日の夜になり、やがて、十月三十日の朝を、迎えた。

朝から、東京は、よく晴れていたが、空気はひんやりとしていて、すでに、季節が、秋になっていることを、感じさせた。

「今、犯人は、どこで、何をしているんでしょうね？」

と、亀井が、いった。

犯人は、すでに、どこの誰を、殺そうと、決めているのだろうか？

それとも、東京の街を、歩き回り、行き当たりバッタリに、四人目の女性を、殺そうと思っているのだろうか？

「まだ、時間があります」

と、亀井が、壁の時計を、見ながら、いった。

「今まで、第一、第二、第三の殺人は、すべて、夜に入ってから、行なわれています。現在、午前八時ですから、まだ時間は、あると思います」

「そうだな。確かに、今までの三件の殺人は、すべて、夜になってから行なわれている」

と、十津川は、いった。

しかし、あと十二時間あるとしても、それまでに、神木洋介の居所は、つかめるのだろうか？

それに、彼が四人目として、どこの何という女性を、殺すつもりになっているか、それがわかるだろうか？

十津川は、黒板に目をやった。そこには、三人の被害者の名前が、書いてある。

広池ゆみ、二十歳、女子大生
三井恵子、二十八歳、ＯＬ
大岡香代子、三十五歳、宝石店経営
この三人に、共通したところは、女というだけである。

とすると、四人目の犠牲者が、どんな女性か、推測することが難しかった。もちろん、どこに住んでいる女性かの、推理も、ほとんど不可能である。

とすると、現在、神木洋介が、どこに住んでいるかを、考えたほうが近道ではないか。

十津川は、そう思った。

「神木洋介は、確か、九月まで、出雲市内に住んでいたんでしたね？」

と、亀井が、いった。

「そうだよ。七月の下旬から九月まで、正確にいうと、九月十日まで、出雲市内のマンションに住んでいたんだ」

と、十津川は、いった。

「とすると、東京に来たのは、どんなに、早くても、九月十一日すぎということに、なりますね？」

と、亀井が、いった。

「そうなると、彼は、果たして、東京都内に自分の住むマンションを、見つけることができたでしょうか？」

と、亀井が、いった。

「カメさんは、神木洋介が、東京都内に住んでいないと思うのかね？」

「いや、そうじゃありません。ただ、簡単に、マンションを探して、住むというわけには、いかないのではないかと、考えてみたのです。ひょっとすると、神木洋介は、都内の安いビジネスホテルか、あるいはウイークリーマンションに、住んでいるんじゃないでしょうか？　そういうところに、住んでいれば、簡単に、逃げることが、できますから」

と、亀井が、いった。

「都内のビジネスホテルか、ウイークリーマンションか」

と、十津川が、いった。

「とにかく、暗くなるまでに、都内の、そうしたホテルやマンションを、当たってみようじゃありませんか」

と、亀井が、いった。

第四章　夜の闇の中で

1

午前九時五十分、十津川のもとに、一つの報告が届いた。

渋谷にある、ウィークリーマンションで、神木洋介と思われる男が、借りていたという、報告だった。

十津川と亀井は、すぐ、そのウィークリーマンションに、急行した。

JR渋谷駅から歩いて、十五分ほどのところにある、七階建ての、マンションだった。

まず、管理人に会って、話をきいた。

その話によると、七階にある2DKの部屋を、問題の男が、九月十一日から、十月十五日までの間、借りていたと、いうのである。

名前は、神木洋介と、名乗っていたというし、似顔絵の男に、よく似ているという。

おそらく、この時期、神木洋介は、殺人を犯していなかったので、平気で、本名のまま借りていたのだろう。

「その間の、男の様子は、どうでしたか？」

と、十津川は、きいた。

「確か、レンタカーを、借りていましてね。毎日、それに乗って、どこかに、出かけていましたよ」

と、管理人が、いった。

「毎日ですか？」

と、念を押した。

「そうです。毎日、出かけていましたね」

「ほかに、何か変わった様子は、ありませんでしたか？」

と、十津川は、きいた。

「それが、妙な人でしてね。どこかから、できあいの神棚を、買って来て、部屋の中に、それを、取り付けていましたよ」

と、管理人は、いった。

「神棚ですか？」

「そうです。自分で、それを、入口から見えるところに、据え付けたんですよ。物が物なので、困るともいえないので、黙っていましたが、神棚を、部屋に取り付けるなんて人は、初めてでした」

と、管理人は、小さく肩をすくめて見せた。

「その男は、十月十五日まで、ここを、借りていたんですね？」

と、亀井が、きいた。

「確か、十五日の朝、いつものように、出かけていって、そのまま帰って来なかったんですよ。一応、十五日までの、部屋代は、払ってもらっていたので、実害は、なかったのですが、突然いなくなってしまったので、おかしな人だと、思っていたのです」

と、管理人は、いった。

「神棚は、どうなりましたか？」

と、十津川は、きいた。

管理人は、笑って、

「それなんですがねえ。次の人が、入るので、一応、取り外しましたが、捨てるに、捨てられず、ここに、とってありますよ」

と、その神棚を見せてくれた。

なるほど、できあいの、小さな神棚で、八幡大菩薩《だいぼさつ》の札が、付いていた。

「もう一度確認しますが、十月十五日の朝に、出かけて、そのまま、帰ってこなかったんですね？」

と、十津川は、念を押した。

「そうなんです。何か、事故にでも、あったのかとも、思ったのですが、調べようがなくて」

と、管理人は、いった。

十月十五日といえば、第一の殺人が、起きた日である。

その日、神木洋介は、このウイークリーマンションを、朝出かけ、そして、そのまま、行方不明に、なってしまったらしい。

「この辺で、レンタカーを、借りるとすると、どこでしょうか？」

と、十津川は、きいた。

管理人は、

「確か、ＪＲ渋谷駅の、西側にあったと思いますが」

二人の刑事は、すぐ、そのレンタカーの、営業所に向かった。

十津川たちは、ＪＲ渋谷駅の西側にある、レンタカーの、営業所で、話をきくことにした。

そこでは、間違いなく、神木洋介が、白いカローラを、借りていることがわかった。

借りていた期間は、九月の十五日から、十月十五日までの、一カ月間である。

「最後の十月十五日ですが、きちんと、返しに来たんですか？」

と、十津川は、きいた。

応対した営業所員は、首を横に振って、

「それがですね。きちんと、返しに来てくれなかったんですよ。見つかったのは、東京駅の、地下の駐車場で二日後の十月の十七日に、見つかりました。乗り捨てて、いったんですよ。困ったものです」

「この神木洋介という人は、一ヵ月間も借りているのですが、その間、彼と、話をしましたか？」

と、十津川は、きいた。

「ええ。話しましたよ。ちょっと変わった人でしたね」

と、営業所員も、同じことを、いった。

「いったい、どんなところが、変わっていたんですか？」

「最初の日に『東京で、神社巡りをしたいので、神社の場所だけを描いた地図はないか』と、きかれました。こちらでは、そういう地図は用意していないものですから、東京の地図を、お渡しして、この中に、鳥居のマークで記されているのが、神社ですからと、いったんですよ」

と、営業所員は、いった。

「レンタカーを借りて、東京中の神社を、回るつもりだったんですかね？」

「だと、思いますよ」

「そのほかに、変わった点は、ありませんでしたか？」

と、十津川が、きいた。

「九月の終わりごろでしたかね。彼と、妙な議論をしたことが、ありましたよ。『東京の人間は、信仰心が足りない。八幡神社の前を素通りして、拝もうともしない。こんなことだから、東京という町は、汚れきって、犯罪がやたらに起きるんだ』そんなことをいっていましたね」

「あなたは、どう答えたんですか？」

「どうにも、答えようが、ないじゃありませんか。まあ、東京の町で、犯罪がたくさん、起きているのは、確かですが、またそれなりに、面白いところだから、私は気に入っているると、そういいましたよ」

と、営業所員は、笑った。

「ほかに、何か、いっては、いませんでしたか？」

と、亀井が、きいた。

「十月に、入ってからでしたかね。いやに、勢い込んで、私に、こんなことをいったことがありましたよ。『巣鴨の八幡神社の神主と、猛烈な議論をして、打ち負かしてやった』って」

「巣鴨の八幡神社の、神主と、議論を、したんですか？」

「神木さんは、そういっていましたよ。あの時は、ひどく興奮していましたね」

と、営業所員は、いった。

十津川と亀井は、その八幡神社に、行ってみることにした。

ＪＲ巣鴨駅から、歩いて七、八分のところにある、小さな、八幡神社である。

そこで、二人は、四十歳前後の神主に、会った。

十津川が、

「十月の初め頃、神木洋介という男が来て、あなたと、議論をしたそうですね？」

と、いうと、神主は、苦笑を浮かべて、

「ええ、そうなんですよ。あれには、参りました」

と、いった。

「どんな議論を、したんですか？」

と、十津川が、きいた。

「あれは確か、十月の五日か、六日だったと思うんですが、いきなり、車で、乗りつけてきましてね。『自分は、山陰の島で、神主をやっていた。その島では、誰もが、八幡神社を信仰していて、そのお陰で、平和だった。しかし、最近になって、島の人たちの、信仰心が薄れてしまった。そのため、島に災いが起きて、とうとう全員が、島から、立ち退くことになってしまった。それというのも、みんな、信仰心が薄くなってしまったからだ。それで、自分は島から出て、東京にやって来た。東京が日本の中で、いちばん、信仰心が薄くなって、汚れきっているから、まず、それを、直そうと思って、東京に来たんだ』と、いっていましたね。そして『この神社の前に来たら、誰もが、お参りもしないで、平気で、通り過ぎていくじゃないか。神主として、あなたは、何をしているんだ。こんなことを、黙って見過ごしていていいのか』そういって、私のことを、怒るんですよ」

と、神主は、いった。

「それで、あなたは、どういったんですか？」

と、亀井が、きいた。

「まともに、返事をする気にもなれなくて、こんなことを、いいましたよ。確かに、最近の日本人は、信仰心が、薄くなっているし、東京という大都会には、いろいろと、問題もある。しかし、ウチの氏子は、きちんと、お参りに来るし、お祭りにも、きちんと参加している。問題はない。そういいましたよ。ほかに、いいようがないでしょう？」

「あなたがそういったら、神木洋介は、どういいましたか？」

と、十津川は、きいた。

「そうしたら、あの神木さんという人は、八幡神社について、私に、講義を、始めたんですよ。『八幡神というのは、西暦五七一年に、九州の宇佐八幡にあった池の中から、三歳の童子が現われて、われこそ、八幡神であると、宣言した』というのですよ。そして『八幡神社は、それ以来、応神天皇と、その母親の神功皇后を、祭神として、祀《まつ》っている。その宇佐八幡から、日本全国に、神霊が分布されて、いまや、八幡神社は、日本全国に、四万社あるといわれている。日本の神様というのは、いくら分割されても、その力が衰えないから、それで、全国に四万社もあるのだ』そんなことを、私に講釈しましてね。『自分がいた、山陰の島にも、同じように、宇佐八幡から、分割された祭神が祀られていた。そして、宇佐の八幡神社の祭神には、昔から、呪術《じゅじゅつ》が具《そな》わっている。いい換えれば、シャーマンだ。自分にも、その力があるから、信心が薄い者がいれば、その力でもって、神に代わって、罰を与えることができた』、そんなことを、私にいうんですよ。日本全国の八幡神社が、宇佐八幡から、わかれたものであることぐらいは、私でも知っていますよ。しかし、残念ながら、私には、シャーマンのような力は、ありませんからね」

と、神主は、笑った。

「神木洋介は、自分には、それだけの力が、あると、いったのですね？」

と、十津川は、確かめるように、きいた。

「そういっていましたよ。ちょっと、異様な、興奮状態でしたからね」

「あなたは、そんな神木洋介を見て、どう思いましたか？」

と、十津川が、きいた。

「そうですね。うらやましくも、ありましたよ。彼が、あれだけ、のめり込んでいることに対してね。そして、自分には、呪術の力があると、信じているんだから、それも、うらやましかった。しかし、同時に、何か怖いなと思いましたね。もっと穏やかな人間のほうが、今の日本では、神主に、向いているのではないか、そう思ったんですよ」

と、神主は、いった。

「その後、神木洋介が、こちらに、来たことはありますか？」

と、十津川が、きいた。

「私自身は、その後、あの人には、会っていませんが、確か、十月の十日でしたかね。池袋の八幡神社で、神主をやっている友人が、いるんですが、その彼に会った時、彼が、こういっていました。『昨日、妙な男が、車で乗り込んできて、怒鳴られた』と、いっていました。どうやら、私が会った人物と、同じらしくて、私の友人も『不信心な人間を、野放しにしていちゃダメじゃないか。そういうことをしているから、日本人の宗教心が薄れ、事件ばかりが、起きるんだ』と、彼から、ひどく叱られたそうです」

「その時、そのあなたの友人は、神木に、どういったんでしょうかね？」

と、十津川が、きいた。

すると、神主は、また笑って、

「私の友人も、この男には、何をいっても、仕方ないと思ったんでしょうね、今は十月で、神様は全部、出雲大社に、行っているから、不信心な人間が、いても、罰を当てようにも、罰が当たらないんだと、いったそうですよ。友人にしてみたら、ちょっと、おどけていったんでしょうね」

「そうしたら、神木は、あなたの友人に、何といったんですか？　一緒に笑ったんですかね？」

と、十津川が、きいた。

「今いったように、私の友人は、笑い話にして、済ませようと、思ったらしいんですが、相手は真剣に『確かに今、日本中の神様が、出雲に行っているかも知れないが、それなら、神主であるあなたが、神に代わって、罰を与えなくてどうするんだ』と、怒鳴られたそうですよ」

と、神主が、いった。

2

十津川と亀井は、その神主から、八幡神社について、いろいろと、話をきいた。

日本全国に、お稲荷《いなり》さんと、八幡神社がそれぞれ四万社ずつ、合計八万社あるといわれている。

俗に八幡稲荷八万という。

日本の神道では、神霊は、動かすことができるといわれている。分霊である。

だから、元の神霊をもらってきて、別の場所で、祀るので、それが、増えていって、八幡神社の場合は、四万社になったと、いわれている。

八幡神社のおおもとは、大分県の宇佐八幡である。

日本全国に、四万社あるといわれる八幡神社に、祀られている八幡神というのは、欽明天皇の三十二年、西暦五七一年に、大神比義《おおがのひぎ》という人物が、三年の間、断食して、祈ったところ、九州の宇佐八幡にあった池の中から、三歳の童子が現われ、われこそ八幡神であると宣言した。

それ以来、八幡神の神体は、宇佐八幡に奉られて、いるといわれている。それは、応神天皇と、その母親の神功皇后であるといわれている。だから、日本全国の八幡神社のそれが祭神である。

宇佐には、もともと、呪術にすぐれた人が多く、そのため、当時の大和朝廷が宇佐八幡に、お参りして、その呪術の力によって、病気を治したり、疫病を、追い払ったりしたといわれている。

それは、いわば、シャーマン的な、呪術の力だろう。

どうやら、神木洋介が、山陰の祝島にいた時、そこにあった神社は、同じ八幡神社だったらしい。

そして、自分には、呪術が具わっていると、信じていたに違いなかった。

彼のいた祝島では、最初、島民たちの、信仰が篤《あつ》く、それで、魚も良く獲《と》れ、快適な生活が送れていたのだろう。しかし、魚が獲れなくなると、島民たちの信仰が、薄れていったのかも知れない。

島の神主の家に育った、神木は、それを怒って、自分に具わっていると、信じた呪術の力によって、島民たちに、罰を与えていたのではないか？

結局、そのために、島民たちが島を去り、島の八幡神社も、消えてしまった。

そこで、神木洋介は、東京に出てきた。

彼の目には、日本人の、信仰心がなくなった典型的な例が、東京である。そう映ったのでは、ないだろうか？

そして、東京に、出てくると、毎日レンタカーに乗り、東京中の、八幡神社巡りを始めた。

自分の目で、どれほど、日本人の信仰心が、なくなっているか、それに対して、八幡神社が、どれほど無気力であるか、それを、調べてみたかったのでは、ないのか？

「それで、神木洋介は、東京の中にある、八幡神社の、神主に向かって、その無気力さを、攻撃したんですかね？」

と、亀井が、いった。

「同感だな。彼は、ほかの神社の神主にも、議論を吹っかけたと思うよ。なぜ、不信心な、人間に対して神罰が、くだらないのか、それを、神主に向かって、問いただしたかったのでは、ないだろうか？」

と、十津川が、いった。

「しかし、いくら問いただされても、相手の神主は、答えようが、なかったでしょうね」

「だから、巣鴨の神主さんが、いっていたじゃないか。友人の神主が、今は十月だから、神様は全部、出雲に、行ってしまっているから、不信心な人間がいても、神罰が当たらないのだと。その人にしてみれば、何とか笑って、はぐらかそうと、したんだろうが、それをきいて、たぶん、神木洋介のほうは、真剣に、怒ったと思うね」

と、十津川は、いった。

「その後、十月十五日に、最初の殺人が、行なわれたのですね？」

と、亀井が、いった。

「十月十五日に、広池ゆみという、二十歳の女子大生が、殺されたんだ」

と、十津川は、いい直した。

「確か、広池ゆみの両親は、出雲大社の参道で、土産物の店を、やっている。それで、出雲大社と、関係がある、最初は、そう思ったんでしたね？」

と、亀井が、いった。

「しかし、第二の犠牲者の、三井恵子は、出雲大社とは、関係がなかった。唯一、自分の部屋の写真パネルに、出雲大社が、映っていたことだけだよ。そして、第三の被害者、大岡香代子になると、もっと出雲大社とは、関係がなく、ただ、彼女の車に、出雲大社のお守りが、ぶら下がっていただけだ」

と、十津川は、いった。

「それで、三人の共通点が、わからなくなったんでしたね？」

「それから、犯人は、出雲大社の参道で、売っている和紙を使って、それに、メッセージを残していた。しかし、犯人が、神木洋介だとすると、彼が住んでいた祝島は、出雲大社に、近いから、その島にいた時から、彼は、出雲の和紙を、使っていたに違いない」

と、十津川は、いった。

「こうなってくると、犯人の動機が、違って、見えてきますね」

と、亀井が、いった。

「私も、今、それを、考えていたんだ。犯人が、神木洋介だとすると、その動機は、今までとは、少し違ってくる。被害者の三人の女性には、共通点が、ないと思っていたが、神木洋介の目から見ると、三人の女性には、ちゃんとした共通点があったんじゃないか？」

「神木洋介の目から見ると、殺された三人の女性には、信仰心がなかった、そういう共通点ですね」

と、亀井が、いった。

「たとえば、最初の犠牲者の、広池ゆみだが、彼女の住んでいる近くにも、八幡神社が、あったはずだ。何しろ、日本全国に、四万社もある八幡神社だからね。私の家の近くにも、八幡神社があるよ。たまたま、神木洋介が、その前で車を停めて、参拝してから帰ろうとした時に、女子大生の、広池ゆみが、通りかかったのかも知れない。それを、神木が見ていた。彼女は、お参りもせずに、八幡神社の前を、通り過ぎた。それに対して、神木は、猛烈に、腹を、立てたんじゃないかな。どうして、八幡神社の前を、通りながら、参拝しないのかと」

「私だって、八幡神社の前を、通っても、いちいち、お参りは、しませんよ」

と、亀井が、いった。

「もちろん、私だって、そうだよ。私自身、信仰心が、強くも、弱くもないと、思っている。お祭りの時には、きちんと、お参りをするし、新年には、近くの八幡神社に、お参りをする。家内と一緒にね。東京都内には、いくつもの、八幡神社がある。普通の人は、その前を、通ったからといって、いちいち、お参りは、しない」

と、十津川も、いった。

「しかし、神木には、それが許せなかったのかも知れませんね。その上、神木は、女性に対して、特別な感情を持っていた――」

「それと、広池ゆみが、自分の見ている前で、八幡神社に、参拝しなかった。その二つが、重なったんだろうね」

「神木は、女性を、軽蔑《けいべつ》していたんでしょうか？」

「かも知れないが、逆にいえば、女性に対して、異常なほどの、憧《あこが》れを、持っていたんじゃないだろうか？　そのために、自分の思うとおりにならない女性を、見て、怒りに変わったと、私は、思っている。彼は、島根の祝島にいた時、島の人々の信心が、薄くなったことを、怒って、神に代わって罰を与えた。それが、自分の務めと思った。同じことを、東京に来て、実行したんじゃないだろうかね？」

「神木は、自分には、そんな力があると、思っていたんでしょうか？」

と、亀井が、きいた。

「あの神主も、いっていたじゃないか。八幡神社のおおもとは、宇佐八幡で、もともと、宇佐には、呪術《じゅじゅつ》に、長《た》けたものが多くて、大和朝廷も、その力を、借りていたって。つまり、シャーマンだよ。邪馬台国の、卑弥呼《ひみこ》も、シャーマンだったと、いわれているじゃないか。だから、神木洋介も、祝島の八幡神社の神主に、なった時に、そうした力があると、信じたんじゃないのか。その力を使って、信心の薄くなってきた、島民たちに、罰を与えてきた。祝島では、島民たちが、魚が獲れなくなって、自分たちの生活が、苦しくなると、自然と、信仰心が、薄れてきたんじゃないか？　神木は、それを怒って、自分の力で神罰を与えたと、思い込んでいる。そうすることが、神の意志と信じていたと思う。東京という街は、祝島に比べて、はるかに不信心で、どうしようもない、人間たちの集まりに、見えたんじゃないのか。だから、祝島にいた時と同じように、自分の力で不信心な人間たち、特に、女性に、神罰を与えようと考えたと、思うね。それに、十月は、日本中の、すべての神様が、出雲に集まってしまっている。当然、東京の八幡神社の神様も、出雲に、行ってしまっているから、その神自体が、神罰を、与えることができない。だから、その神様に代わって、神木は、自分が、不信心な女性たちを懲らしめようと、思ったんだろう」

と、十津川は、いった。

「神木は、最初の犠牲者である、広池ゆみが、たまたま、自分の目の前で、八幡神社に、参詣《さんけい》しなかったから、すぐに、殺してしまったんでしょうか？」

と、亀井が、きいた。

「いきなりは、殺さなかっただろう。神木は、不信心な広池ゆみに、面と向かって、怒りを、ぶつけたのではないだろうか？　しかし、広池ゆみにしてみれば、訳のわからないことをいって、怒っている神木が、怖くなって、逃げようとした。あるいは、罵《ののし》ったのかも、知れない。それで、ますます、神木は、こういう女には、神罰を与えるのが、いちばんだと思って、殺してしまったのではないか。私は、そう思っている。そして、彼は、出雲大社に行き、絵馬を買って、自分が不在の、八幡神社の神霊に代わって、罰を与えたことを、報告したんじゃないか？　彼は、自分を正しいと信じていただろうからね」

と、十津川は、いった。

「すると、第二の被害者の、三井恵子と、第三の被害者、宝石店経営の、大岡香代子の場合も、同じでしょうか？」

と、亀井が、きいた。

「同じというよりも、ますます、エスカレートしたんじゃないだろうか？」

と、十津川は、いい、続けて、

「第一の殺人を犯した後、神木は、それまで、借りていた渋谷のウィークリーマンションから、姿を消した。レンタカーも放置して姿を消した。その後は、おそらく、車を、どこかで盗み、偽名で、ほかの、ウイークリーマンションか、あるいは、ビジネスホテルに、泊まっていたんじゃないか？　泊まりながら、次々に、不信心な女たちに、神罰を与えていったんじゃないのかね。そのたびに、出雲に行っては、自分が、神々に代わって神罰を、与えていることを、報告し続けたんだと思うね」

「しかし、女子大生の広池ゆみにしても、ＯＬの三井恵子にしても、第三の被害者の宝石店経営の、大岡香代子にしても、いずれも、ごくごく、まともな、女性たちですよ。なぜ、そんな、まともな、女性たちを、神木は、続けて、殺したんでしょうかね？　不信心という点でいえば、むしろ、コールガールとか、暴走族の女性たちのほうが、もっと、不信心といえるんじゃありませんか？　神木は、どうして、そういう女性たちに、対して、神罰を、与えなかったんでしょうか？」

と、亀井が、きいた。

「それは、こういうことだと、私は、思うよ」

と、十津川は、いった。

「さっきもいったが、神木は、女性を軽蔑しながら、同時に尊敬し、憧れていたんだ。いってみれば、彼の心の中で、女性は、崇高なものだという意識が、あるんじゃないのかな？　だから、汚れた女性は、もともと、彼の頭の中では、論外なんだ。そして、殺された三人の女性、女子大生にしても、ＯＬにしても、女性実業家にしても、立派な女性なんだよ。そんな立派な女性たちが、彼の目には、不信心に見えた。だから余計、許せなかったんじゃないのかね？」

と、十津川は、いった。

「今、この時も、神木洋介は、盗んだ車で、東京を、走っているんでしょうか？　そして、自分が、不信心だと思った女に、神罰を、与えようとしているんでしょうか？」

「カメさんのいうとおりだと思うね。今や、彼は、強烈な使命感に、燃えているんじゃないか？　今、東京には、神がいない。だから、不在の神に、代わって、人間に、特に、女性に罰を、与えている。それが、自分の使命だと思っている。第一、第二、第三と、殺人を重ねていくにつれて、彼のその使命感は、一種の、狂気みたいなものになってしまったのではないか、それが、いちばん怖いんだよ」

と、十津川は、いった。

捜査本部に戻ると、刑事たちを集めて、十津川が、指示を与えた。

「今回の、一連の事件の犯人は、この、似顔絵の、男、神木洋介と、考えて、まず、間違いないだろう。彼は、今も、盗難車に乗って、東京都内を、走り回っているに違いない。第四の犠牲者を捜してだ。それから、彼は、第一の犯行後は、偽名を使って、ウイークリーマンションに、泊まっているか、モーテルに泊まっているか、あるいは、盗んだ車の中で、寝ているかも知れない。引き続き、ウイークリーマンションや、ビジネスホテル、それから、モーテルなどを、この似顔絵を持って、徹底的に調べてほしい。それから、今日現在、まだ、発見されていない、盗難車があれば、それがいつ、どこで盗まれたか、その車種も、調べて、私に報告してほしい」

と、十津川は、いった。

3

すでに、午後二時を、過ぎていた。

十津川と亀井は、近くのそば屋に、出前を頼んで、遅い昼食を、取った。

刑事たちは、似顔絵のコピーを持って、都内に散らばっているし、都内の、各警察署からも、十津川の要請を受けて、所轄の刑事たちが、同じように、都内を走り回っていた。

しかし、神木洋介を、発見したという知らせは、なかなか、入ってこなかった。

午後三時を過ぎ、午後四時になって、やっと、盗難車の報告が入ってきた。

十月三十日現在、都内で車を盗まれ、まだ、返ってきていないものは五台と、十津川に報告されてきた。

そのうち、二台はトラックで、一台はオートバイ、そして、残りの二台が、乗用車だった。

その一台のほうは、シルバーメタリックのベンツで、盗まれた人は、石神井《しゃくじい》に、住んでいる会社の社長だった。

そこには、西本と日下の二人の刑事を、差し向けて、事情をきくことにして、もう一件、浅草の千束《せんぞく》で、盗まれたセルシオについては、十津川自身が、亀井と、事情を、ききに行くことにした。

その車は、千束の、雑貨店の主人の車だった。

十津川と亀井は、雑貨店の主人に会って、話をきいた。

「ウチの車が盗まれたのは、十月の二十八日なんですよ。この近くに、駐車場があって、そこに停めていたんですが、盗まれてしまいましてね。いまだに、返ってきていませんね」

と、主人は、いった。

その白のセルシオの写真を、主人から借りることにした。型式は、二年前のもので、車のナンバーをきいて、十津川は、それを手帳に書き留めた。

後ろの座席には、三十センチぐらいのピエロの人形が、置いてあるという。もし、盗んだ犯人が、それを、そのまま乗せているとすれば、目印に、なるだろう。

そんな話を、雑貨店の主人からきいている間に、石神井に行った西本刑事から、十津川の携帯に、電話が入った。

「ベンツの持ち主に、話をきいていたのですが、話をきいている途中に、車が、発見されたという知らせが、入りました。今、持ち主が、発見されたという、北千住の駐車場に、向かっています」

と、西本が、いった。

今、東京都内で、盗まれたまま戻っていない車は、こちらの、セルシオ一台になった。もちろん、この車を、神木洋介が、盗んで使っているかどうかは、わからない。今回の事件とは関係なく、盗まれたのかも、知れなかった。

しかし、とにかく、十津川は、この車を、探すことにした。

警視庁の総合司令室に、連絡して、都内を走っている、すべてのパトカーに、この白のセルシオのナンバーを伝え、リアシートに乗っているピエロの人形のことも伝えて、見つけ次第、すぐに、連絡するように頼んだ。

そのあと、二人は、いったん捜査本部に、戻ったが、この盗難車は、なかなか見つからなかった。

時間だけが、経過していく。

「このセルシオ以外の車かも、知れませんよ」

と、亀井が、いった。

「今この瞬間に、盗まれた車を使って、神木洋介が、第四の犠牲者を、捜していることも考えられますから」

「そのとおりなのだが、しかし、われわれとしては、このセルシオを、追うより仕方がないんだ」

と、十津川は、焦りの色を見せて、いった。

午後五時半を、回ると、都内は、すでに、暗くなってくる。

日暮里《にっぽり》にある、ビジネスホテルで、神木洋介と思われる男が、十月中旬過ぎに、泊まっていたという知らせが入った。

刑事たちは、すべて、きき込みに走り回っている。そこで、十津川と亀井が、すぐ、このビジネスホテルに、向かった。

問題のホテルは、JR日暮里駅の、すぐ近くにあった。五階建ての小さなホテルだった。

ホテルといっても、入口を、入っていくと、突き当たりに、小さなカウンターがあって、そこに、六十歳ぐらいの女が、座っているだけだった。

そこで金を払って、客は、指定された部屋のカギを、持って、一人で上がっていくらしい。

十津川と亀井は、その女に、問題の男について、きくことにした。

「泊まっていたのは、十月の二十三、二十四日の二日間だけですよ」

と、女は、いった。

男が名乗っていたのは、川村洋二という名前だった。しかし、受付の女に、きいてみると、顔立ちも身長も、神木洋介に、そっくりだった。

「その男は、この二日間、ここに泊まっていて、どんな様子でした？」

と、十津川が、きいた。

「確か、二十三日の午後に、やって来て、泊まったんですよ。夜になると、出かけていましたね。二十四日も、同じでしたよ。朝遅く起きて、出かけて、行きましたけど。私には、行き先までは、わかりません。別に、きくことでも、なかったし」

　と、女は、いった。

「その男と、何か、話は、しなかったのかね？」

　と、亀井が、きいた。

　受付の女は、笑って、

「こういうところでは、顔を見ないのも、話をしないのも、礼儀ですからね。だから、何も話しませんよ。ただ、お金を、払ってもらって、それを、受け取って、名前を、書いてもらう。それだけですよ」

　と、いった。

「しかし、お客の顔は、ちゃんと見ていたんでしょう？」

　と、十津川が、いった。

「こういうところには、よく、犯罪者が泊まりに、来ますからね。所轄の警察からも、いろいろと、何かの事件の犯人の、顔写真も持ってきて、それらしい人間が来たら、知らせてくれと、頼まれたり、していますからね。ですから、それとなく、泊まりに来た客の顔は、見ているんです」

　と、受付の女は、したり顔で、いった。

「この近くで、食事をするところというと、どこかな？」

と、亀井が、きいた。

「ここに泊まっている人は、たいてい、駅前のハナコという食堂に、行きますけどね」

と、受付の女は、教えてくれた。

十津川たちは、ホテルの近くにある、その大衆食堂に、足を運んだ。

ちょうど、夕飯時なので、店の中は、混んでいる。

カウンターの中にいる、店の主人に、十津川と亀井は、警察手帳を見せて、話をきくことにした。

亀井が、神木洋介の似顔絵を、見せて、

「この男が、十月二十三日か、二十四日に、ここに、食事に、来なかったかね？」

と、きくと、小太りの店の主人は、じっと、似顔絵を見てから、

「そういえば、これとよく似た人が、二十三日の夜と、二十四日の朝、ここに、食べに来ましたよ」

と、答えた。

どちらの場合も、男は、その日の定食を、食べていったという。

「その時の、男の様子は、どうでしたかね？」

と、十津川が、きいた。

店の主人は、急に、しかめっ面をして、

「それが、二十四日の朝食の後、店の女の子が、この男と、ケンカをしましてね」

と、いった。

「どんなケンカをしたんですか？」

と、十津川は、きいた。

店の主人は「ちょっと」と、その女の子を呼んで、

「例のケンカのことを、この刑事さんに、話してやって」

と、いった。

三十歳くらいの、その女は、

「ひどいお客なんですよ。そこに、神棚があるでしょう？」

と、店内の隅にある、神棚を指さした。

「あの神棚が、どうかしたの？」

と、亀井が、きいた。

「そのお客は、朝食を、食べながら、じっと、その神棚を、見ていたんですよ。そして、突然、こんなことをいうんです。『神棚というものは、毎朝、一日一回、必ず水をやって、供物を、供えなければならない。それなのに、何もあげていないじゃないか。信心が足りない』って、私を、怒るんですよ。でも、あの神棚は、ここの女将《おかみ》さんが、作ったもので、私は、あんまり、信心しないほうだから、私が怒られても仕方ないんですよ。だから、その男にいってやったんですよ。私は、神様なんて信じていないんだ。何しろ、

私のところは、南無阿弥陀仏《なむあみだぶつ》だからってね。そしたら、そのお客は、本当に怒りだして『そんなことを、いっていると、ろくな死に方をしないぞ。神罰が当たるぞ』といって、いきなり、私のほっぺたをぶったんですよ。それから、お店のダンナが出てきて、ケンカに、なりましてね」

と、女は、いった。

そのあと、店の主人と、その客は、いい合いになって、男は、料金の八百円を、投げつけるようにして、店を、出て行ってしまったのだという。

「あのお客、頭が、おかしいんじゃないですかね？」

と、女が、いった。

どうやら、ここに、食べに来た男も、神木洋介に、間違いなさそうだが、その後、神木が、どこに行ったかは、まったくわからなかった。

少しずつ、東京都内の、神木の足取りはわかってきても、肝心の、現在の居場所が、わからない。

七時を過ぎると、完全に、夜になって、十津川たちの不安が、自然に大きくなっていった。

午後八時十分、懸念していた知らせが、捜査本部に、飛び込んできた。

場所は、杉並区下高井戸三丁目。

神田川の近くで、二十代の女性が、殺され、そばにあった、ハンドバッグの中から、問題のメモが、発見されたという知らせだった。

そのメモには、第一、第二、第三の事件と同じように、犯人のメッセージ、つまり、

〈神が人を殺した。まだ、神々の殺人は続くぞ〉

と書かれていたという。

十津川は、亀井たち刑事を、連れて、現場に急行した。

死体は、神田川のそばの、遊歩道に、横たえられていた。そのそばには、彼女が乗ってきたと思われる、自転車が、転がっている。

十津川たちは、パトカーを停め、そのライトで、倒れている死体の、周囲を、明るくした。

死体のそばにあった、ハンドバッグからは、運転免許証が、見つかって、その運転免許証から、坪内冬美、二十五歳と、わかった。住所は、現場から歩いて、二十分くらいのところにある、マンションだった。

死体は、第三の被害者、大岡香代子と、同じように、胸を刺されていた。

十津川が現場についた時は、血はまだ完全には乾いていなかった。

死体を調べていた検視官が、十津川に向かって、

「殺されたのは、二十分から、三十分くらい前だね」

と、いった。

倒れている、自転車の前輪が、ひん曲がっているところを見ると、犯人は、自転車に

乗っていた女性に向かって、車を、ぶつけたのかも知れない。

そして、女が、倒れたところを、近づいていって、胸を刺したのではないか、そんなことが考えられた。

十津川は、三田村と、北条早苗の二人に、すぐ、被害者のマンションに行って、調べてくるように、いった。

現場周辺の、きき込みに回っていた、西本と日下の二人が、戻って来て、十津川に、

「この近くに、八幡神社があります」

と、告げた。

二人の話では、ここから歩いて、十五、六分のところに、八幡神社が、あるという。

十津川と亀井が、行ってみると、ごく普通の八幡神社だった。通りに面して、鳥居があり、その奥に、神殿がある。いつもなら、誰も、気に留めないだろう、八幡神社である。

しかし、今日は、違った。

ひょっとすると、殺された、二十五歳の女は、この神社の前を、自転車で通り過ぎて行ったのではないだろうか？

彼女は、いつものとおり、神社の前で、停まることもせず、もちろん、参拝をすることもなく、通り過ぎて行ったのでは、ないか？

それを、どこかで、神木洋介が見ていて、車で追っていって、車ごとぶつけ、地面に

転倒したところを、ナイフで、刺したのではないか？

　そして、用意していたメッセージを、彼女のハンドバッグに、入れたのではないか？

　マンションに行った三田村と早苗から連絡が、入った。

「管理人の話では、彼女は独身で、二年前から、住んでいるそうです。彼女は、渋谷にある建設会社のＯＬで、会社が、終わると、浜田山まで、電車で帰って来て、そこから、駅前の駐輪場に、預けてある自転車で、自宅マンションに帰っていたそうです。今日も、おそらく、同じように、浜田山から、自転車でこのマンションに、帰るところだったのでしょう。そう思います」

　と、三田村が、いった。

「彼女自身は、出雲と、何か、関係がありそうか？」

　と、念のため、十津川が、きいた。

「部屋の中を調べたところ、出雲とは、関係がないようです。彼女の出身地は、名古屋ですし、部屋の中に、出雲大社の写真も、ありませんでした」

　と、これは、北条早苗が、いった。

　二十五歳のＯＬの遺体は、司法解剖のために、運ばれて行った。

　その遺体を乗せた車が、走り去るのを見送ってから、亀井が、

「とうとう、防げませんでしたね」

　と、溜息《ためいき》をついた。

「そうだな。残念だよ」

と、十津川も、いった。

「こうなってしまった以上、一刻も早く、犯人を、捕まえなくては、いけません。このままでは、五人目の犠牲者が、出ないとも、限りませんから」

と、亀井が、いった。

「犯人は、神木洋介と、見ていいと思うのだが、この前と同じなら、神木は、間違いなく、出雲大社に行って、絵馬に書いて、奉納するはずだ。何しろ、今日はまだ十月だから、神様は全部、出雲大社に、集まっているはずだからね」

と、十津川は、いい、腕時計に、目をやった。

現在、八時五十分。

「まだ、東海道新幹線は、動いているな」

と、十津川は、いった。

「確か、最終の『のぞみ』の東京発は、二一時一八分のはずです。その前の二〇時五〇分発の『のぞみ』も、新大阪までしか行きませんから、その後は、犯人は、出雲まで、車を使うんでしょうか？」

「どちらの『のぞみ』でも、新大阪に着くのは、十二時近くなるだろう。もし、犯人が、新大阪からタクシーを使って、出雲に、向かうとすると、出雲に着くのは、翌日に、なってしまうな。とすると、翌日の朝、飛行機で、出雲に向かってもいいのだが、犯人とすれば、一刻も早く、東京を離れて、出雲に、向かいたい筈《はず》だ」

「私も、そう思います。犯行のあと、東京に残っているのは、危険ですから、犯人は、警部のいわれるとおり、一刻も早く、東京を、離れたい筈です」

と、亀井も、いった。

検視官は、被害者の女性が殺されたのは、十津川たちが、遺体と向かい合う、二十分から三十分前だという。

とすると、殺されたのは、七時四十分から五十分ごろと、考えられる。

犯人は、七時四十分から五十分の間に、この現場で被害者を、刺し殺し、それからすぐ、出雲に向かったのではないか。

十津川は、時刻表に眼を走らせた。

まず、国内線の時刻表を調べた。

ひょっとして、その時刻でも、出雲行きの飛行機が飛んでいるかも、知れなかったからである。

しかし、東京・出雲間の時刻表を調べると、最終の飛行機は、一八時四〇分、午後六時四〇分である。

とすると、犯人は、この飛行機には、乗れないのだ。

あとは、まず、新幹線が考えられるが、ここで、七時四十分に殺したとして、車を東京駅まで飛ばしても、あるいは、電車を使ったとしても、東京駅に着くのは、おそらく、一時間後だろう。

とすれば、午後八時四十分になってしまう。午後八時四十分頃の「ひかり」に乗ったとしても、この「ひかり」も、新大阪までしか行かない。その後の列車は、すべて、新大阪止まりである。

とすると、やはり、新大阪より先は、タクシーに乗って、出雲大社に行くより仕方がなくなる。

「それも、犯人にしてみれば、イライラすると思いますよ」

と、亀井が、いった。

「やはり、イライラするかね?」

と、十津川が、首を傾げた。

「すると思いますよ。それに、犯人にしてみれば、自分のしたことを、一刻も早く、絵馬に書いて、出雲に集まっている神々に、知らせたいでしょうからね。新大阪で一泊するという方法は、まどろこしいと思います」

と、亀井が、いった。

「とすると、やはり、新大阪からタクシーか?」

と、十津川は、いってから、もう一度、時刻表に、目をやって、

「いや。犯人は、別の方法を取ったはずだ」

と、いった。

「別の方法ですか？」

「そうだよ。東京駅から、出雲に向かう寝台特急が出ているんだ。出雲に向かう寝台特急は二本。『出雲』と『サンライズ出雲』だ」

「その二本とも、時間は、間に合いますか？」

と、亀井が、きいた。

「『出雲』のほうは、東京発が二一時一〇分。『サンライズ出雲』のほうは、東京発が二二時だから、犯人は、どちらにも間に合った筈だ」

と、十津川は、いった。

十津川は、亀井と二人、パトカーで東京駅に、向かった。

「犯人は、どちらの寝台特急に、乗ったと思われますか？」

と、車の中で、亀井が、十津川に、きいた。

「カメさんなら、どちらに乗るね？」

と、十津川が、逆に、きき返した。

「もし、私が犯人なら、東京を離れるのが、早いほうの寝台特急に、乗りますよ。何度もいいますが、犯人は、一刻も早く、東京を離れて、出雲に向かいたいでしょうからね」

「私も、カメさんに、賛成だ。私だって、犯人なら、十分でも二十分でも、早いほうの、列車にする」

と、十津川も、いった。

しかし、二人が、東京駅に着いた時には、二一時一〇分発の「出雲」は、すでに東京駅を出ていた。

「どうしますか？」

と、亀井が、十津川に、きいた。

「サンライズ出雲」のほうは、あと三十五分で発車なので、ゆっくり乗ることができる。十津川は、西本と日下の二人を、東京駅に呼んで、この「サンライズ出雲」のほうに、乗せることにした。

そして、自分たちは、出発してしまった寝台特急「出雲」を、新幹線で、追いかけることにした。

二人は、東京発二一時三三分発の「こだま487号」に乗ることにした。

この「こだま」の静岡着が、二二時五七分である。先行している寝台特急「出雲」の静岡着は、二三時四〇分だから、ゆっくり間に合うのだ。

それを確認してから、この「こだま487号」に乗った。

「こだま」の車内は、閑散としていた。

二人は、自由席に乗って、駅の売店で買った、駅弁を食べることにした。

第四の殺人を犯した犯人である、神木洋介が、出雲に向かうことだけは、十津川は、確信していたが、寝台特急「出雲」に乗るかどうかについては、まだ、確信が持てなかった。

　しかし、時間的に見て、おそらく、神木洋介は、寝台特急「出雲」か、あるいは、次の「サンライズ出雲」のどちらかに、乗るだろう。

（その確率は、八十パーセントぐらいある）と、十津川は、思っていた。

　この予測が当たっていれば、寝台特急「出雲」か、次の「サンライズ出雲」の車内で、神木洋介を、逮捕することができるのだ。

　もちろん、他の可能性も、考えられた。

　神木洋介が、奪った車で、そのまま、東名高速を、西に向かったかも知れない。

　その可能性は薄いのだが、まったく考えられないことでは、なかった。

　もし、神木洋介が、車で、出雲に向かったとすれば、逮捕は、大きく、遅れてしまう。

　ひょっとすると、取り逃がすことも、考えられた。

　そこで、十津川は、三田村刑事たちに、東京駅周辺の駐車場を、調べるようにいっておいた。

　二人の乗った「こだま」が、小田原に近づいた時、その三田村刑事から、十津川の携帯に連絡が入った。

「見つかりましたよ」

　と、三田村刑事が、弾んだ声で、いった。

「東京駅近くの駐車場に、問題のセルシオが、停めてありました。間違いなく、手配中の車です。昼頃には、この駐車場には、停めてなかったそうですから、今日の夜になってから、犯人が置いたものだと、思われます」

と、三田村刑事が、いった。

十津川は、思わず、

「これで助かったよ」

と、いってしまった。

犯人は、杉並の下高井戸で、第四の殺人を犯したあと、盗難車で、東京駅に向かい、そこで、車を乗り捨てたのだ。

とすれば、犯人は、東京駅から列車に乗ったことになる。

「これで、確信が、持てましたね」

と、亀井も、嬉《うれ》しそうに、いった。

犯人の神木洋介は、九十パーセント、いや、百パーセント、出雲に向かう、寝台列車に、乗ったのだ。

第五章　プラス１《ワン》の殺人

１

東京発出雲行きの夜行列車には、岡山回りの「サンライズ出雲」と、山陰本線回りの「出雲」とがある。

「サンライズ出雲」のほうは、新型車両だが、山陰本線回りの「出雲」のほうは、旧型車両である。

古い車両だが、同時に、昔どおりの、ブルーの車体で「ブルートレイン」として、懐かしむ人も、いるらしい。

そのブルートレイン「出雲」は、二一時一〇分、午後九時十分、定刻に、東京駅を、出発した。

この日のブルートレイン「出雲」は、八両編成で、個室のA寝台は１号車一両だけで、２号車からは、全部B寝台である。

その中で、５号車だけは、寝台ではなく、フリースペースと呼ばれている、イスとソファが置かれた、いわば自由席で、ほかの夜行列車にも、別の名前の、たとえば、サロンカーなどと呼ばれて、つながれている車両である。

フリーターの高木香は、B寝台の切符を買い、このブルートレイン「出雲」に乗ったのだが、乗ってすぐに、狭苦しい寝台が、嫌で、眠くなるまで、このフリースペースで過ごそうと、5号車に出かけた。

同じ思いの乗客が、いるらしく、五、六人の男女が、思い思いに、イスやソファに、腰を下ろして、ビールを飲んだり、雑誌を、読んだりしている。

高木香も、ソファに、腰を下ろすと、自動販売機で買ってきた、コーヒーを、飲みながら、窓の外を、流れていく、夜景に目をやった。

二十五分で、横浜に着いた。次の熱海までは、一時間くらいある。

香は、フリースペースが、禁煙でないことを、確かめてから、タバコを、取り出して、火をつけた。

その時、人の気配がして、男が、隣りに腰を下ろした。

三十五、六歳の男だった。男は、香がテーブルの上に置いた、キヤノンのカメラに、目をやって、

「カメラマンの方ですか?」

と、声をかけてきた。

「いいえ。そうじゃないんですけど、ちょっと頼まれて、出雲大社を、写しに行くんで

す」

　と、香が、いった。

　返事をしたのは、その男の目が、妙にきらきらと、光っていたからだった。

　香の周囲にいる、男たちは、揃って、もっとだらしのない、平和な、ぼんやりした目を、している。だから、香には、男の眼が、珍しかったのだ。

「あなたは？」

　と、香が、きいた。

　男も、ポケットから、タバコを取り出して、火をつけると、

「僕は、宗教家です」

　と、照れもせずに、いった。

　その答え方も、香には面白かった。

　といって、見たところ、キリスト教の信者でもなさそうだし、仏教の坊さんにも見えなかった。それが、どうして、自分のことを、宗教家だというのだろうか？

「宗教家って、どういうことを、なさっているの？」

　と、香は、きいてみた。

　男は、相変わらず、ニコリともしないで、

「人を救っています」

　と、いった。

「じゃあ、お坊さんか、何か？」

と、香が、きいた。

「神につかえる身です」

と、男が、いう。

「そういう人って、初めて。私の周りには、そんな人、いないから」

と、香は、少しからかい気味に、いった。

男は、まっすぐに、香を見て、

「でも、あなたは、これから、出雲大社に行かれるんでしょう？」

と、いった。

「ええ。今もいったように、頼まれて、出雲大社を、写しに行くんですよ。ある雑誌の依頼でね」

と、香は、いった。

「十月に行くのは、いちばん、いいですよ。一般には、神無月と、いわれていますが、神様全部が、十月には、出雲大社に、集まるんですからね」

と、男は、いった。

香は、笑って、

「そうなんですってね。十月のことを、神無月というのは、前から、知っていたけれど、その神様が全部、出雲大社に、集まるというのは、知らなかった。それで、とても、興味を持ったんです。でも、日本中の神様が全部、出雲大社に、集まったら、きっと、大変でしょうね。修学旅行の学生みたいに、ワーワーいって、騒ぐのかしら？」

と、いった。

香にしてみれば、軽い、冗談のつもりで、いったのだが、男は、なぜか、急に、険しい目つきになって、

「そんなことを、いっては、いけません。神様に対する侮辱ですよ」

と、いった。

男のそんな表情に、香は、面食らって、

「あ、ごめんなさい。でも、日本の神様って、いっぱい、いるんでしょう？　それが一カ所に、集まったら、さぞ大変だろうと、思ったものだから」

「出雲大社の中には、神様が、泊まるところが、ちゃんと、用意されています」

と、男は、硬い表情で、いった。

その後で、男は、

「あなたは、神様を、信じないんですか？」

と、きいた。

「信じたいけど、今のところ、何のご利益もないし」

と、香が、いった。

「それは、どういうことですか？」

と、男が、まっすぐ、香を見つめて、きく。

「死んだ私の母は、昔気質《むかしかたぎ》で、信心深かったから、毎朝、神棚に、お水をあげて、一生懸命、お祈りをしていたの。それでも、父とは、離婚するし、五十歳で、ガンで亡くなってしまったわ。だから、神様の、ご利益なんて、全然なかったと思うのよ」

と、香は、いった。

「どうして、そんなふうに、考えるんですか？」

と、男は、ため息をついてから、

「でも、あなたは、神様を、尊敬しているからこそ、出雲大社の写真を、撮りに行くんでしょう？　そうなんでしょう？」

と、男が、きいた。

「あなたには、悪いけど、出雲大社の写真を、撮るのは、仕事なの。何回も、いうけれど、ある雑誌社に、頼まれて撮りに行くだけ。あの建物は、面白いとは思うけど、私は、神様なんて信じないし」

と、香は、いった。

「じゃあ、あなたは、いったい何を、信じるんですか？」

と、男は、いった。

「そうね」

と、香は、考えてから、

「やっぱり、お金かな。お金があれば、何でもできるもの。出雲大社に、行く時だって、飛行機で行けるし、夜行列車だって、個室寝台に乗れるし」

と、香が、いった。

「あなたは、神よりも、お金を、信じるんですか？」

と、男が、きいた。

その目が、また、険しくなっている。

香は、困ったな、という思いで、

「お金より大事なものが、あると思いたいんだけど、私ってね、お金が、なくて、ずっと、苦労してきたから、どうしても、お金が、欲しくなっちゃうの。お金がたくさんあれば、ゆっくり、いろいろと、考えることも、できるんだと思うけど」

と、いった。

その時、なぜか急に、男の態度が、変わって、優しい目つきになると、

「あなたは、若いから、そう考えても、仕方がないでしょうね。若い時は、贅沢《ぜいたく》がしたいから、信心よりも、お金が欲しいというのも、無理がない。この僕だって、若い時は、お金が欲しいと、思いましたよ」

と、いった。

男が、急に、和やかな目つきになったので、香も、ほっとしながら、

「不信心なことを、いったけど、向こうに行って、出雲大社を、写真に撮っていれば、

神様を信じようという、気持ちになれるかも、知れないわ」

と、相手に、ちょっと迎合するような言葉を口にした。

「あなたは、出雲大社に、行くのは、初めてですか？」

と、男が、きいた。

普通の会話に、なっていた。

「写真では、よく見てたけど、出雲大社に行くのは、本当は、初めて。向こうに、行ったら、名物の出雲そばでも、食べにいこうかと思っているの」

と、香が、いった。

「僕は、何回も、出雲大社に、行っているんですよ」

と、男が、いった。

「何回もって、うらやましいわ。どうして、何回も、出雲にいらっしゃるの？」

と、香は、きいた。

「出雲は、楽しいところですよ」

と、男は、いい、出雲大社のことや、大社周辺の景色や、名物などについて、熱心に、話し始めた。

「そうだ。僕は、1号車のA寝台に、乗っているんだけど、何回も、出雲大社を、見に行って、写真を、たくさん、撮ってきているんですよ。そのアルバムを、持ってきているから、よかったら、ご覧になりませんか？　あなたが、写真を撮る時の、参考になると、思いますよ」

と、男は、いった。

香は、その写真を、見たいと思うのと、同時に、A寝台の個室というのも、見たくなった。

個室に乗りたくて、金がなくて、乗れなかったこともある。

「じゃあ、見せて、いただこうかしら」

と、香は、いい、タバコを、もみ消して、腰を上げた。

2

「こだま487号」で、静岡に先回りした、十津川と亀井は、在来線のホームで、ほぼ一時間後に、到着するブルートレイン「出雲」を、待っていた。

深夜のプラットホームは、さすがに寒い。

亀井が、自動販売機で、ホットコーヒーの缶を、買ってきて、一つを、十津川に渡した。それを、飲みながら、ブルートレイン「出雲」を待つ。

やがて、八両編成の、ブルートレイン「出雲」が、ホームに、入ってきた。

ここで降りる客はなく、静岡から、乗った客は、十津川たちを入れても、六人だけだった。

列車が出発するのを待って、十津川と亀井は、車掌に、会った。

まず、車掌に、神木洋介の似顔絵を、見せた。

「この男が、この列車に、乗っていませんか？」

と、十津川が、きいた。

車掌は、しばらく、その似顔絵を、見ていたが、

「これと、よく似た人が、1号車に、乗っていますが」

と、いった。

「1号車というと、確か、A個室寝台ですね？」

と、十津川が、いった。

「そうですよ。1号車の乗客は、五人しかいません。その中の一人が、確か、この似顔絵によく、似た方ですよ」

と、車掌は、いった。

「1号車の何号室ですか？」

と、亀井が、きいた。

「確か、3号室です。東京駅を出てすぐ、車内検札を、したので、よく覚えています。よく似ていますね、この似顔絵と」

と、いった。

「どんな感じの、男でしたか？」

と、十津川は、きいた。

「それが、妙に、きらきらと、光った目をなさっていましてね。何か、やたらと、興奮しているような、三十代の、お客ですよ」

と、車掌が、いった。

十津川は、亀井に、向かって、

「当たりだな」

と、小声で、いった。

「1号車の個室には、五人しか乗客がいないのですね？」

と、改めて、十津川が、きいたのは、万一の時に、ほかの乗客に、危害を及ぼしてはいけないと、思ったからだった。

車掌は、ため息をついて、

「そうなんですよ。昔は、満席だったんですが、最近は、このブルートレインに、乗客が少なくて」

と、いった。

その後、ずらりと、並んだ、個室のどこに、問題の乗客がいるのかを、車掌が、図を描いて説明してくれた。これならば、万一の時、ほかの乗客には危険は、及ばないだろう。

「では、その3号室に案内してください」

と、十津川は、いった。

1号車の3号室。ドアは閉まっていた。ドアには、小窓がついているのだが、それにも、カーテンが引かれている。

「何とかして、部屋の外に、呼び出してもらえませんか？」

と、十津川が、頼んだ。

「やってみましょう」

と、車掌が、いい、ドアを、ノックしてから、

「車掌の山下ですが、ちょっと、急用ができたので、申し訳ありませんが、こちらに、出ていただけませんか？」

と、声をかけた。

しかし、中からは、返事がない。二度ノックをしてみたが、同じだった。

十津川が、ドアに、手をかけてみると、カギは、かかっていない。

「妙だな」

と、思いながら、十津川は、いっきに、ドアを開けた。

細長い部屋の中は、枕元の明かりだけが、点《つ》いている。細長い寝台には、人が、眠っているらしく、毛布が、盛り上がって、かぶせられていた。

それが、十津川を不安な思いにさせた。

用心しながら、その毛布を、引きはがす。

しかし、そこにいたのは、十津川たちが、追っている神木洋介では、なかった。

仰向《あおむ》けに、若い女が、寝ているのだ。

いや、寝ているのではなく、死んでいるのだ。

声をかけても、揺すっても、何の反応もない。それで、死んでいるのだとわかった。

亀井が、部屋の明かりを、点けた。

天井の大きな明かりが、死んでいる女を、照らし出した。二十五、六歳の、若い女である。

鼻血が、出ている。口が、開いている。のどには、明らかに、絞殺した痕《あと》があった。内出血しているのだ。

十津川が、その顔を、見つめていると、亀井が、

「警部、鏡を、見てください」

と、小声で、いった。

細長い個室の壁には、大きな鏡が、かかっている。その鏡に、赤い口紅で、殴り書きがしてあった。

〈神々に代わって、この女を殺す〉

明らかに、神木洋介の、メッセージだった。

入口のところに、車掌が、青ざめた顔で、突っ立っている。

「この部屋の乗客は、どこにいるんですか？」

と、十津川が、その車掌に、きいた。

「わかりません。確かに、この3号室に、似顔絵の人が、乗っていたんですが――」

と、車掌が、声を震わせた。

神木洋介は、どこに、行ったのだろうか？

静岡まで、来る途中で、降りて、しまったのだろうか？

それとも、まだ、この列車に、乗っているのか？

「神木が、まだ、この列車に乗っているとして、車両全部を、調べてみようじゃないか？」

と、十津川は、硬い表情で、亀井に、いった。

やられたという、思いが、彼の表情を、硬くしていた。

この列車に、果たして、神木が乗っているかどうかは、考えたが、まさか、この「出雲」の中で、五人目の女が、殺されるとは、十津川は、考えても、いなかったのだ。

十津川と亀井は、車掌に助けてもらって、まず、1号車から、3号室以外の部屋を、一つずつ調べていった。

すでに、寝込んでいる人も、多かったが、その人たちには、謝って、部屋を、調べさせてもらった。

1号車の、全部の個室を、調べたが、神木洋介の姿は、ない。

次は、2号車である。

こちらはB寝台。同じように、寝ている乗客に謝りながら、調べさせてもらう。

2号車、3号車、4号車、そして、5号車のフリースペース。そこにはもう、休んでいる乗客はいなくて、全部の乗客が、寝台に、入ってしまったらしい。

続いて、6号車、7号車、そして、8号車と、全部を調べたが、どこにも、神木洋介の姿は、なかった。

「逃げられましたね」

と、亀井が、悔しそうに、いった。

3

神木洋介は、東京駅で、このブルートレイン「出雲」に乗った。そして、車内で、一人の女を殺した。

その後、静岡に、着くまでの間に、この列車を、降りたのだろう。

横浜、熱海、沼津、そのどこで、降りたかは、わからない。

十津川は「サンライズ出雲」に乗っている西本と日下に、電話をかけた。

「神木洋介は、こちらの、ブルートレイン『出雲』に乗ったが、車内で、女を一人殺して、静岡までの間に、列車を、降りている。そのあと、そちらの『サンライズ出雲』に、乗る可能性があるから、気をつけて、調べてくれ」

4

十津川と亀井は、1号車に戻った。

3号室の車内には、神木洋介の所持品と、思われるものは、何も、残っていなかった。その代わりに、殺された女の、持ち物が、何点か、見つかった。彼女のものと、思われるカメラ、ハンドバッグ、そして、神木が、鏡に殴り書きをした時に、使った、口紅である。

ハンドバッグの中から、彼女の、運転免許証が出てきた。それによると、殺された女の名前は、高木香、二十四歳である。

ハンドバッグの中には、そのほかに、B寝台の切符と、化粧道具が、入っていたが、財布は、見つからなかった。

一銭も持たずに、ブルートレインに乗るはずは、ないから、財布は、神木洋介が、奪っていったと考えるのが自然だろう。

「今までの殺人で、神木洋介は、女を殺しても、金を取っては、いなかった。それが、どうして、今回に限って、金を、取っていったんだろうか？」

と、十津川が、いった。

「金が必要だったんでしょうね」

と、亀井が、いった。

「ということは、どういうことかな？」

「神木は、ある程度の金は、持っていたと思いますし、この列車の中で、女を、殺すつもりはなかったと思います。今まで、車内で殺していませんし、四人目の女を、東京で殺して、その報告をするために、出雲に、向かったんですから」

と、亀井が、いった。

「とすると、この五人目の殺人は、偶然ということか？」

「おそらく、そうではないかと、思いますね。このブルートレインの車内で、神木は、被害者と、知り合って、何か話を、したんだと思いますよ。ところが、また、神木の神経を、逆撫《さかな》でるようなことを、彼女が、いったんじゃないでしょうか？」

「つまり、神木にいわせれば、被害者の信心が、足らないことに、腹を、立てたということか？」

「そうでしょうね。そして、怒りに、任せて、彼女を、殺してしまったんでしょう。しかし、殺してしまったとなると、当然、この列車から、降りて、逃げなくては、なりません。それで、急に、金が要ることになったんじゃありませんか？　だから、ハンドバッグから、金を奪ったんだと思います」

と、亀井が、いった。

「そうだな。この列車を降りてしまえば、次に来る『サンライズ出雲』に乗るにしても、あるいは、ほかの交通手段を、使うにしても、新たに、金が、かかるからな。それで、カメさんのいうように、被害者の金を、盗んでいったのかも、知れない」

と、十津川は、いった。

二人は、3号室を出ると、亀井が、

「これから、どうしますか？　われわれも、列車を降りますか？」

と、きいた。

「いや、私は、この列車で、出雲まで行く。今日は、十月三十日なんだ。明日《あした》は、三十一日になる。とすれば、十月が、終わってしまう。だから、神木洋介にしてみれば、何としてでも、明日中に、出雲大社に、行きたいだろう。出雲に、神々が集まっているのは、明日だけだからね。だとすれば、彼は、この列車を降りても、必ず、何とかして、出雲に、向かうと思うね。われわれも、出雲に行けば、神木洋介を、捕まえることが、できるはずだ」

と、十津川は、いった。

「私も、神木が、出雲へ行くのは、間違いないと、思います」

と、亀井も、いった。

5

十津川と亀井は、５号車フリースペースのソファで、眠ることにした。といっても、なかなか、寝つかれるものでは、なかった。

三時四七分、京都に着く。それでも、まだ眠れない。

「サンライズ出雲」に乗っている西本、日下に連絡を取る。

「どうだ、そちらに、神木洋介が、乗ってきたか？」

と、きくと、西本が、

「いいえ。いくら調べても、この列車には、神木洋介は、乗っていませんね」

と、いった。

ブルートレイン「出雲」で、五人目の女を、殺した神木洋介は、もう一つの出雲行きの、寝台特急には、乗らなかったのだ。

とすると、神木は、いったい、どこに、消えたのか？

眠れないままに、十津川は、煙草に火をつけた。禁煙は、当分出来そうにもない。亀井も同じように眠れないらしく、傍に来て腰を下した。

十津川が「サンライズ出雲」のことを、話すと、亀井は、首をかしげて、

「とすると、神木は、どうやって、出雲に行くつもりですかね？　飛行機だって、もう、飛んでいませんし」

と、いった。

「おそらく、タクシーを、使ったんだ」

と、十津川は、いった。

「タクシーですか？　タクシーを使えば、何万円も、かかるでしょう？　出雲まで」

と、亀井が、いった。

「そうだよ。だから、それを、考えて、神木洋介は、殺した高木香の財布を、盗んでいったんじゃないのか？」

と、十津川が、いった。

「そうかも、知れませんね。二、三万円持っていても、出雲まで、タクシーで行くことを、考えると、それだけでは、不安でしょうからね。確かに、警部のいわれるように、それで、神木洋介は、殺した女の財布を、盗んでいったんですよ。今まで、そんなことを、しなかったのに」

と、亀井も、いった。

その後、二人は、少し眠った。

十津川が、目を覚ました時、列車は、すでに、山陰本線の、鳥取近くを、走っていた。

窓の外を見ると、雨だった。小さな雨の粒が、窓ガラスを、濡《ぬ》らしている。

一〇時五三分、列車が、終着駅の、出雲市駅についた時も、小雨が降り続いていた。

さすがに、寒い。

連絡をしておいたので、駅には、県警の坂下という警部が、パトカーで、迎えに来てくれていた。

坂下警部は、十津川に、向かって、

「刑事二十人を動員して、出雲大社の周辺に、配置しました。全員が、神木洋介の、似顔絵を持っていますので、彼が現われれば、すぐ、連絡が入ると、思います」

と、いってくれた。

十津川は、まっすぐ、出雲大社に、向かってもらった。

出雲大社全体が、小雨に煙っていた。参拝者も、出雲大社の神官も、巫女《みこ》も、みんな傘を差して、歩いていた。

十津川は、まず、絵馬を売っている、社務所に行った。そこで、十津川は、社務所の人間に、

「前にお話しした男が、ここに来て、絵馬を買うと思うのです。その男が、現われたら、連絡してもらえませんか？」

と、いい、自分の携帯番号を、教えて、

「何も話して、くださらなくて結構です。この携帯を二度、鳴らしていただければ、すぐに、私たちが駈《か》けつけます」

と、十津川は、いった。

「その人、本当に、ここに来て、絵馬を、買いますか？」

と、社務所の人間が、半信半疑で、きいた。

「必ず今日、その男は、買います。買わなければ、いられない、男なんですよ。その絵

馬に、メッセージを書いて、それを、奉納するのが、その男の、生きがいなのです。ですから、必ず来ます。もし、来たら、すぐに、私に知らせてください」

と、十津川は、繰り返した。

聞いていた坂下警部が、首を、かしげて、

「その神木洋介という男は、東京で、四人も、女性を、殺しているんでしょう？　そんな男が、果たして、この出雲大社に来て、絵馬を、買いますかね？」

と、いった。

「正確にいえば、四人ではなく、五人です。出雲行きの、ブルートレインの中でも、彼は、一人、女を、殺しています」

と、十津川は、いった。

「それじゃあ、なおさら、警戒して、ここには、来ないし、絵馬も、買わないんじゃないですか？」

と、坂下が、いった。

「確かに、普通の、殺人犯なら、そうですが、この男は、違います。自分が、神に代わって、人殺しをしていると、思い込んでいるんですから。彼には、自分は、間違ったことを、何一つしていないという、確信があり、確信があるからこそ、この出雲に来て、自分のしたことを、神に報告せずには、いられないんですよ。神木は、必ず、この出雲大社に、来ますし、絵馬を買って、それを、奉納します。それは、絶対に、間違いありませんね」

と、十津川は、確信を持って、いった。

もし、それを、しなければ、神木洋介は、自分に、絶望してしまうだろう。たぶん、そんな気持ちでいるのだ。

坂下警部にいわせると、今日は、雨なので、いつもより、参拝者が、少ないという。

それでも、近くの駐車場は、一般の車や、観光バスで、いっぱいだった。

その中に、十津川たちの乗ったパトカーも駐車していた。そこから、出雲大社の大きな鳥居が、見える。

神木洋介が、来るとすれば、その鳥居を、くぐって、本殿に、向かうだろう。

若い県警の刑事が、坂下警部や、十津川や、亀井のために、熱い缶コーヒーと、菓子パンを、持ってきてくれた。

十津川たちは、車の中で、その菓子パンを食べ、熱い缶コーヒーを、飲みながら、出雲大社に、目を向けていた。

彼ら三人のほかにも、出雲大社の周辺には、二十人の県警の刑事がいて、見張っているはずだった。

ただ、参拝者が全員、傘を差して、その上、小走りで動くので、その一人一人の顔を、見わけるのは、ひじょうに、難しい。

それでも、十津川たちは、眼をこらして、次々にやって来る、参拝者を注視していた。

だが、神木洋介と、思われる男は、なかなか現われない。

雨は、間断なく、降り続いている。

しかし、犯人の神木洋介は、いっこうに、現われなかった。いや、見過ごしたのかも、知れない。

念のために、十津川は、雨の中を、社務所まで、走っていって、

「似顔絵の男が、まだ、絵馬を、買いに来ませんか？」

ときいた。

社務所の人間は、首を、横に振って、

「まだ、見えませんよ。しっかりと、見ていますから、間違いありません」

と、いった。

社務所には、ほかにも、巫女さんなどもいるから、その言葉には、間違いが、ないだろうと思われた。

十津川は、雨の中で、腕時計に、目をやった。すでに、十二時を、過ぎている。

まだ、本当に、神木洋介は、ここに、現われていないのだろうか？

さらに時間が、過ぎていった。

午後一時、二時となっても、社務所に、神木洋介は、現われなかった。

十津川は、だんだん、自信が、なくなっていった。彼は、覆面パトカーの中から、降り続く雨を、見つめた。

「もし、彼が、熱海か、沼津で、ブルートレイン『出雲』を降りて、そこから、タクシーを拾ったとしても、もう、着いていなければ、ならない時間だ。ひょっとすると、私たちは、神木洋介を、見過ごしてしまったのかも、知れないな」

と、亀井に、いった。

「しかし、社務所に、絵馬を、買いに、現われては、いないんでしょう?」

と、亀井が、いった。

「確かに、そうなんだが」

と、十津川が、語尾を濁す。

「警部は、神木洋介が、ここに来れば、必ず絵馬を買って、それに、自分が、東京で、神に代わって、人を殺したことを、書いて、奉納するだろうと、確信して、いらっしゃるんでしょう?」

と、亀井が、いった。

「そうだ。そう確信している」

「それなら、まだ、神木洋介は、現われていないんですよ」

と、亀井が、なぐさめるように、いった。

「しかしね」

と、十津川は、つぶやいてから、そばにいた、坂下警部に、

「絵馬は、この社務所のほかに、置いていますか?」

と、きいた。

「この辺の土産物店には、たいてい、売っていますが、出雲大社の名前は、入っていないんじゃないかな」

と、いった。

「ひょっとすると、神木は、警察が、来ていると考え、そういう絵馬に、書いたのかも知れないな」

と、十津川は、亀井に、いった。

「見てみましょう」

と、亀井が、いい、十津川とともに、車から降りて、雨の中を、駈け出した。

二人が向かったのは、本殿横の絵馬が奉納されている場所だった。前に、神木洋介の絵馬を、発見した場所である。

雨が降り続いている。その雨に、ぬれながら、二人は、絵馬を探した。

十津川と亀井は、神木の書いた絵馬が、ないことを祈りながら、捜したのだが、しばらくして、

「ありましたよ」

と、亀井が、低い声で、いった。

そこには、見覚えのある字が、躍っていた。

確かに、それは、社務所で、売っている絵馬ではなかった。おそらく、この近くの土

産物店で、買ったのだろう。

しかし、その絵馬に、書かれていた文字は、紛れもなく、神木洋介のものだった。

そこには、こう書いてあった。

〈神々のいない、野蛮な東京の街で、私は、神に、代わって一人の女を、殺し、そして、列車の中で、これも、神を信じない女を、一人、殺しました〉

6

マジックで書かれたと思われる文字が、雨に打たれて、少しにじんでいた。

十津川は、その絵馬を引きはがすと、車に戻って、坂下警部に、見せた。

「間違いなく、神木洋介が、書いたものです」

「私には、どうも、犯人の気持ちが、わかりませんね。どういう神経を、持った男なんですか？」

と、坂下が、きいた。

「神経が、研ぎ澄まされている男ですよ。悪くいえば、頭がおかしい」

と、いってから、

「ここに、十月三十一日、最後の日と、書いてあります。間違いなく、神木洋介は、この出雲に来て、この絵馬を、買って、書いて、奉納していたんです。自分が、殺人を犯したことを、神に、報告したんです」

と、十津川は、いった。

坂下警部は、ますます、顔をしかめて、

「確かに、神木という男は、おかしくなっていますね」

と、いった。

「神木は、もう、この出雲大社から、逃げているでしょう。それで、お願いがあります。神木洋介は、ここから、まっすぐ、東京に戻ると、思いますから、幹線道路と出雲市駅と、それから出雲空港に、刑事を、向かわせてください」

と、十津川は、いった。

「わかりました」

と、坂下警部は、いい、電話を、取り上げた。

7

十津川は、後から来た、西本と日下の二人を連れて、出雲大社周辺で、絵馬を、売っている土産物店を、一軒ずつ、当たっていった。

似顔絵を見せて、この男が、今日、絵馬を買いに、来なかったかどうかを、きいて、回るのだ。

出雲大社から、歩いて五、六分のところにある土産物店で、店の主人が、

「この人を、見ましたよ」

と、十津川に、いった。

「ここに来て、その人は、傘と、絵馬を買っていったんですよ」

「間違いなく、この、似顔絵の男でしたか？」

と、十津川は、念を押した。

店の主人は、うなずいて、

「ええ。間違いありません。いきなり、入ってきて、絵馬と、そこにある傘を、手に取って『この二つをくれ』といったんですよ。それで『ああ、信心深い人だなあ』と思って、絵馬を、お売りしたんですけどね」

と、いった。

「それは、何時くらいのことですか？」

と、亀井が、きいた。

「確か、お昼を、ちょっと過ぎたくらいだと、思います」

と、店の主人は、いった。

現在、午後三時である。とすれば、もうすでに、神木洋介は、この出雲を、離れてしまっているだろう。

(県警の坂下警部が、非常線を、張ってくれても、間に合わないかも知れないな)

と、十津川は、思った。

十津川が、携帯をかけると、電話に出た坂下警部が、

「まだ、これと思われるような、報告は、来ていませんね。駅でも、空港でも、幹線道路の検問でも、神木洋介と、思われる男は、見つかっていません」

と、坂下は、いった。

やはり、神木洋介は、すでに、この出雲から、消えてしまっているのだ。

残念ながら、十津川は、そう、認めざるを、得なかった。

8

十津川は、西本と日下の二人を、東京に帰したあとも、自分は、亀井と、三十一日一杯、出雲市に残ることにした。

十津川は、犯人の神木洋介は、既に、出雲周辺から、脱出していると見ていたが、万一ということも、考えられた。

それに、非常線を張ってくれた県警への配慮もあった。県警が、結論を出すまで、出雲に、留まっていようと思ったのである。

十月三十一日の午後六時を過ぎても、県警の敷いた非常線に、神木洋介は、引っかからなかった。

県警全体も、坂下警部も、神木洋介が、すでに、出雲大社の周辺から、抜け出しただろうと、認めた。

十津川は、そのことは、予想していたから、大きな落胆はしなかった。

「多分、神木は、東京に舞い戻ったと、思います」

と、十津川は、坂下警部に、いった。

「なぜ、十津川さんは、神木が、東京に戻ったと思われるんですか？　彼は、東京で、四人の女性を殺しているんでしょう？　それなら、東京の警戒は強いと考えて、他の地方、例えば、九州方面に逃亡するんじゃありませんか？」

坂下が、首をかしげて、きいた。

「確かに、その可能性もありますが、私は、こう考えるんです。神木という男は、日本人が、神を信じなくなったことに腹を立て、不信心な人間、特に、女性を、殺していますす。その場所に、神木は、東京を選んだんです。恐らく、彼の眼に、東京という大都会が、腐敗堕落の象徴のように、見えているんだと思いますね。つまり、神を信じ、敬わなくなった堕落の場所ということです。彼が、これからも、神に代わって、信仰心のない女を罰しようと思っていれば、その場所として、東京を選ぶに違いないのです」

と、十津川は、いった。

「東京は、堕落した街ですか」

「彼の眼には、そう映っているに違いありません」

「何となく、わかるような気がしますが――」

と、坂下が、いった。

「それで、私たちは、今日中に、東京に戻ろうと思っています。県警のご協力には、感謝しています」

と、十津川は、いった。

JRの出雲市駅まで、坂下警部が、送ってくれることになった。

その車の中で、坂下に、電話が、かかった。

短い電話で、坂下は、簡単に「わかった」と、いって、電話を切った。

「何か、事件でも」

と、十津川が、声をかけると、坂下は、

「大した事件じゃありません。よくある話で、若い女が失踪《しっそう》して、母親が、心配しているということです」

と、坂下は、いった。

確かに、若い女の失踪というのは、よくある話だった。プチ家出という言葉がある時代である。

「しかし、なぜ、坂下さんに、わざわざ、連絡して来たんですか？」

と、十津川は、きいた。単なる失踪なら、捜査一課の刑事に、連絡して来ないのではないか。

「たまたま、その女性が、出雲大社の巫女《みこ》さんだったから、私に、連絡してきたんだと思いますよ。今日、出雲大社の境内に、県警の刑事が、二十人も、動いていましたから、大社側が、心配して、わざわざ、警察に、連絡してきたんでしょう。失踪といっても、いなくなったのは、四、五時間前なんですから、黙って、友だちの家へでも行ってるんじゃないかと、思いますがね」

と、坂下は、いった。

「出雲大社の巫女さんですか――？」

と、十津川は、つぶやいた。つぶやいたあとで、彼の表情が変わって、

「出雲大社に戻ってくれませんか」

と、坂下に、いった。

「どうしたんですか？」

と、坂下が、きく。

「大社に戻って、失踪した巫女さんのことを、くわしく聞きたいんです」

と、十津川は、いった。

第六章　神　火

1

すでに、雨はやんでいたが、風が、強くなってきていた。空を見上げると、黒い雲が、恐ろしいほどのスピードで、走っていく。

どうやら、日本海の、低気圧が、発達してきたらしい。この分では、海は、荒れているだろう。

十津川と亀井は、強風の中を、県警の坂下警部と一緒に、出雲大社の、社務所に向かった。

社務所も、騒然としていた。失踪して、行方のわからない巫女の名前は、野村ゆかり、十九歳である。

彼女の使っていた傘が、見つかって、大騒ぎになったという。

自宅のほうにも、電話を入れたが、家にも、まだ、帰ってきていないという、ことだった。

社務所の話では、真面目な娘で、仕事を、放り出して、姿を消すなどということは、考えられないという。

また、同僚の巫女に、きいても、自分から、姿を消すような理由は、見当たらないということだった。

そこで、考えられるのは、何か、事件に、巻き込まれたという、ことだった。

刑事たちが、もっとも、危惧《きぐ》するのは、神木洋介が、人質として、野村ゆかりを、連れ去ったのではないかということだった。もし、この危惧が、当たっているとすれば、非常線を、張ったにもかかわらず、神木洋介は、県外に、逃亡したのではなく、この出雲大社の近くに、いたことになる。

夜になっても、野村ゆかりの行方は、わからなかった。

午後十時を過ぎて、松江市島根町にある派出所の岡村巡査から、

「至急、お話をしたい」

という電話が、十津川に入った。

祝島について、いろいろと、話してくれた、あの、岡村巡査である。

亀井と二人、車で、駈《か》けつけると、岡村巡査は、二人を迎えて、派出所の外の、海岸へ、連れていった。

強い風が、吹きつけてくる。その風は、冷たかった。

海は、荒れていて、白い波しぶきが、立っているのが、見える。

「向こうに、例の祝島が、見えるでしょう？」

と、岡村巡査は、夜の海を、指さした。

確かに、祝島の黒い影が、見えた。

「真っ暗だな」

と、亀井が、いった。

「今は、誰も住んでいないんだから、真っ暗で、当然だが」

と、十津川が、いった。

「それなんですが、九時半頃、あの島の、上のほうで、ポツンと、明かりが見えたような、気がしたんですよ」

と、岡村巡査が、いった。

「明かり、か」

と、十津川が、いった。

「そうなんです。ほんの一瞬でしたけどね。明かりが、見えたような気がしたんで、あわてて、派出所を飛び出して、ここまで、駈けてきたんですが、その時には、明かりは、消えて、もう、真っ暗でした」

と、岡村が、いった。

「ほんの一瞬でも、もし、明かりが、見えたのが、本当だとすると、あの無人の島に、誰かが、いることになる」

と、十津川が、いった。

「そうなんです。ですから、十津川さんに、電話をしたんですよ」

と、岡村が、いった。

「九時半頃、あの島の上のほうに、明かりが見えたというのは、間違いないんですね？」

と、十津川が、念を押した。

「派出所の中で、日誌を、つけていて、ふと、目をあげたら、窓の向こうに、島影が見えて、そこに、ポツンと、明かりが、見えたんです。それで、あわてて、飛び出していったら、もう、その明かりは、消えて、しまっていました。しかし、あの明かりは、間違いなく、あの島の、明かりですよ」

と、岡村が、強調した。

「もし、それが本当だとしますと――」

と、亀井が、じっと、十津川を、見つめた。

「そうだ。ひょっとすると、あの島に、神木洋介が、渡ったのかも知れない」

と、十津川は、うなずくようにして、いった。

「今から、あの島に、船を、出せないかな？」

と、亀井が、岡村に、きいた。

「この天候じゃあ、とても、無理ですよ。漁船も全部、避難していますから」

と、岡村が、いった。

「船が出せないとすると、あの島に、神木洋介がいるのかどうか、確認のしようがないな」

と、十津川が、いった。

「もし、あの島に、神木洋介が、渡ったとすると、巫女《みこ》の野村ゆかりも、一緒だと、考えてもいいんじゃありませんか?」

と、亀井が、十津川に、いった。

「だとすると、あの島に、渡ったのは、夜のうちだろうね」

と、十津川が、いった。

「何とか、それを、確認する方法は、ないだろうか?」

と、亀井が、相談するように、岡村を、見た。

「調べてみましょう。この辺の漁村を、調べてみれば、何か、わかるかも、知れませんん」

と、岡村は、いってくれた。

十津川は、県警の坂下警部にも、電話をして、派出所に、来てもらった。

坂下は、暗い海岸線に、立って、沖にある祝島を、見つめていたが、

「あの島に、神木洋介が、渡ったというのは、ちょっと、信じられませんね」

と、いった。

「しかし、岡村巡査が、今日の、午後九時半頃、あの島に、明かりが、見えたと、いっているんです。明かりがついたのなら、誰かが、いるはずです。そして、おそらく、その人物は、神木洋介だと、思いますが」

と、十津川は、いった。

「しかし、どうして、神木洋介は、あの島に、逃げ込んだんですか？　あの島に、行ってしまえば、逃げ道が、なくなってしまうんじゃ、ありませんか？」

と、坂下警部が、いう。

確かに、その通りだった。まさか、あの島から、船で、韓国に逃げるということも、できないだろう。第一、使ったのは、小船だろう。

もし、あの島から、その船に乗って、逃げるとすれば、こちらの海岸に、戻るしか、仕方がないのだ。

そうすれば、神木は、間違いなく、逮捕される。

しかし、十津川には、なぜか、神木洋介が、祝島に、渡ったような、気がしていた。

あの島は、彼が、生まれた場所であり、同時に、神主だった父が、死んだ後、神木は、神の使いのように、振舞って、精神的に、あの島を、支配していた、人間でもある。その人間が、追いつめられて、行くところといえば、あの島しか、ないのではないか。

十津川は、そう考えていた。

坂下警部は、まだ、信じられないという顔をしていたが、それでも、県警の刑事を、指揮して、付近の海岸線一帯を、調べてくれた。

その結果、漁船が一隻、消えてしまっていることが確認された。

それは、八トンの小さな漁船で、消えてしまったのに、気がついたのは、今日になってからだという。

その漁船に乗って、神木洋介は、巫女の野村ゆかりを、連れて、あの島に、渡ってしまったのではないのか？

2

その夜、暗闇の中で、十津川たちは、じっと、祝島を、見つめていた。

しかし、二度と、島の中に、明かりがつくことは、なかった。

十津川と亀井は、海岸線に停めた、県警のパトカーの中で、朝が、来るのを、待った。

夜が明けても、風は、収まらなかった。相変わらず、白い波しぶきが、牙《きば》をむいて、海岸線に、打ち寄せてくる。

「これでは、船は出せませんね」

と、岡村が、いった。

「ヘリは、だめですか？　ヘリは、飛ばせませんか？」

と、亀井が、県警の坂下警部に、きいた。

坂下は、空を見上げて、

「まず無理でしょうね。こんな天候では、ヘリは、飛ばせませんよ。それに、そもそも、あの島には、ヘリが、降りられるような場所が、ありません」

と、強い調子で、いった。

雨は降らず、空が、妙に明るい。風だけが、強かった。

十津川は、県警から、双眼鏡を借りて、それを、島に向けた。

島までの距離は、約三キロ。双眼鏡では、島の中に、人間がいても、その姿を、確認するのは、難しそうだ。

巫女の野村ゆかりの行方も、依然として、わからなかった。

（ますます、神木洋介が、誘拐した可能性が、高くなった）

と、十津川は、思った。

「この強風は、いったい、いつになったらやむんだ？」

と、坂下警部が、部下の一人に、きいている。

その部下が、すぐ気象庁に、電話をしてきいてみると〈明日《あした》いっぱいは続く〉という返事だった。

とすると、それまでは、船を出せそうもないし、祝島に、神木洋介と、巫女の野村ゆかりが、いることを、確認する方法もなかった。

坂下警部が、心配して、

「十津川さんに、おききしたいんだが、神木洋介は、すでに、五人もの女性を、殺しているんでしょう？　もし、あの島で、神木洋介が、巫女の野村ゆかりと、一緒だとすると、六人目の犠牲者には、なりませんか？」

と、きいた。

十津川は、ちょっと、考えてから、

「おそらく、その心配は、ないだろうと、私は、思います」

と、いった。

「どうして、その心配が、ないと、いえるんですか？　神木洋介という男は、今もいったように、すでに、五人も、女性を、殺しているんですよ」

「神木洋介は、確かに、五人も、殺していますが、神木本人に、いわせると『神を信じない女だから、殺した』ということに、なっています。その点、巫女の野村ゆかりは、出雲大社の、巫女ですから、間違いなく、神に対する信仰が、強いでしょう。そういう女なら、神木は、殺さないと、思いますね。それに、信頼できる女だから、巫女の野村ゆかりを、誘拐したんだと思います。ですから、彼女が、神木に殺される心配は、ほとんどないと、思っていますが」

と、十津川は、いった。

「それなら、いいのですが」

と、坂下は、まだ、心配そうだった。

気象庁の予報通り、強風は、やむ気配がなかった。というよりも、ますます、強くなっている感じだった。

このまま、海岸線に、腰を下ろして、沖の祝島を、見つめていても、どうしようも、ないだろう。

十津川は、あきらめて、派出所に戻り、岡村に、祝島について、もう一度、きいてみることにした。

「祝島のことを、詳しくお知りになりたいのなら、松江市の図書館に、行かれたらいいと、思いますよ。私も、その図書館に、行って、いろいろと、調べたんです」

と、岡村は、いった。

十津川は、亀井に、祝島の監視を、頼んでおいて、岡村巡査と一緒に、松江市立図書館に、出向いた。

その図書館には、郷土史を、集めたコーナーがあり、そこには、祝島のことが、書かれた本も、あった。

「神木洋介も、若い頃、この図書館に来て、自分の住んでいる、祝島について、調べたり、コピーを、取ったりして、帰ったことが、あるそうですよ」

と、岡村が、教えてくれた。

その神木洋介も読んだという、郷土史の中には、短いが、祝島のことも、書かれていた。

それによれば、祝島の島名は、何度も変わっていて、平安朝の時代には、島の名前がつかず、南北朝の騒乱の時には、しばしば、島に流人が送られ、そのため、流人の島と、呼ばれていたらしい。

その頃は、もちろん、島には、神社もなく、島では、たびたび、人殺しがあり、死体が、島から流れ出して、こちらの海岸に、流れ着いたという。

ある時、死体をとむらうために八幡神社が造られ、神主となった男は、今でいえば、超能力、昔風にいえば、呪術《じゅじゅつ》に優れていて、人殺しの絶えなかった島を、神の意志という恐れによって支配した。

その頃のことについて、郷土史には、こう書かれていた。

〈この島、当時、神島と呼ばれる。

すべてを、神々が支配し、島民すべて、その啓示に従い、逆らうことをせず。ゆえに、この島、争いもなく、平和なり〉

おそらく、当時は、完全に、神々が、支配していたのだろう。

その神島が、いつしか、平和な、祝島という名前に変わり、その頃から、だんだんと、神の島から、生活の島に、変わっていったのだろう。

神木洋介は、郷土史にある、神島の頃に、島を、戻そうとしたのかも、知れない。

同じ郷土史には、神島と呼ばれていた頃、島を、支配していた、神主についても、詳しく、書かれていた。

〈その神主の身長、五尺九寸あまりにして、力に優れ、眼光鋭く、巨岩を、目よりも、高く、差し上げて、投げ飛ばし、島内の森林をけもののごとく、走り回り、睨《にら》まれた者は、足がすくみ、震えおののいたと、いう。

未来を予言する、能力たるや、人の生死さえ、支配し、時には、難病の老婆を、呪術によって、生き返らせたと、伝えられている。

したがって、島民の、神主に対する、恐れと信頼は、空のように、高く、海のように、深く、島民すべて、彼の言に、従い、また、彼の言葉を、神の言葉としてきき、反抗する者なしと伝えられる〉

「たぶん、神木洋介は、神島時代のこの神主のように、なりたかったんだ。いや、なれると思っていたに、違いない」

と、十津川が、いった。

「そうでしょうね。ですから、自分に反抗する者を、神の名によって、殺したんじゃありませんか？」

と、岡村が、いった。

二人は、図書館の隣りにある喫茶店で、コーヒーを頼んだ。

「その後、神木洋介について、何か、わかったことが、あるのかね?」

と、十津川は、岡村に、きいた。

岡村は、うまそうに、コーヒーを、口に運んでから、

「十津川さんに話した後ですが、また、昔の、祝島の島民に、会って、話をきいてきました。それから、神木洋介のことを、よく知っている人間にも、会って、話をききましたよ」

と、岡村が、いった。

「それを、全部、話してくれないか?」

と、十津川が、いった。

「何から、話したら、いいですかね。私自身、実際に、神木洋介本人に、会って話したことが、あるわけじゃありません。すべて、人からの、またぎきですから。まあ、いってみれば、神木洋介の、ウワサ話のようなものになってしまうのですが、それでも、構いませんか?」

「もちろん、構わないさ。どんな、ウワサ話でもいいから、話してくれないか?」

と、十津川は、うながした。

「これは、七十二歳で死んだ、神木洋介の義父である神主が、話していたことだそうです。人から、息子の洋介のことをきかれると、神主は、こんなことを、いっていたそう

ですよ」

と、岡村は、小さく、一つ、咳払《せきばら》いをしてから、

「彼は、息子の洋介について、こういって、いたそうです。『洋介は、頭はいいが、神というものについて、大きな、誤解をしている。神というものは、二面性があって』と」

「それは、私も、知っている。日本の神というものは、二面性があって、祝福を、与える一面と、逆に、人間を、罰するような、怖い一面を持っている。その二面性だろう。そのことを、いっているんじゃないのか？」

と、十津川が、いった。

「そうなんです。『その二面性を、洋介は、誤解していて、人を罰する、怖い面だけを、神の力だと信じているところがある。だから、息子を、この島の、八幡神社の神主にすることは、できない』そういっていたそうです」

「なるほど、父親は、そういう目で、息子の洋介を、見ていたんだ」

「もちろん、そんな、父親の見方に、対して、息子の神木洋介は、激しく反発していたと、思いますね。そうした話も、きいています」

と、岡村が、いった。

「それは、どんな話なんだ？」

と、十津川が、きいた。

「これも、島民だった人間からきいたのですが、息子の洋介のほうは、父親を、こう見ていたそうです。『オヤジは、神というものを、知らなすぎる。神というものは、畏怖《いふ》すべき存在だ。神を信じない人間まで許してしまうような父親は、神を、冒瀆《ぼうとく》している。そのうち、神罰が下って、父親は、死ぬに、違いない。神は、あんな父親を、許すはずがない』そういっていたそうです」

と、岡村が、いった。

「その言葉通り、父親は、死んだんだね？」

「そうです。記録によれば、病死ですが、それも、本当に、病死かどうかは、わからないそうです。というのは、父親が、亡くなって、二日も経ってから、息子の洋介は、父親の死亡を届けたのです。医者が検視をして、死を確認したのも、二日経ってからだそうですからね。医者は、一応、心不全と、書いたそうですが『二日も、経っているから、自信がない』といっていたそうです」

と、岡村は、いった。

「なぜ、神木洋介は、父親の死を、二日も経ってから届けたのかね？」

と、十津川が、きいた。

「『その時、海が荒れていて、船を出せないので、届けが二日も遅れた』と、いっています。しかし、電話が、あるのですから、医者の検視を、受けるのが、難しいとしても、父親が、死んだことを、知らせることだけは、できたはずですよ。それを二日間、神木は、なぜか、遅らせているんです」

と、岡村は、いった。

「それが、問題には、ならなかったのかね？」

「一応、問題には、なりましたが、神主は、もう七十二歳でしたから、病死だろうということになって、問題には、されませんでした。しかし、当時のことを、知っている島民の話によると、神主の父親は、前日まで、すごく元気だったらしいです」

と、岡村は、いった。

「岡村さんは、息子の洋介が、父親の神主を、殺したようないい方を、するね」

と、十津川が、いった。

「どうしても、そんな疑いを、持ってしまうんですよ。当時、島民の何人かが『神主の死は、どう考えても、おかしいんじゃないか、昨日まで、あんなに元気だったのに、どうして、突然、死んでしまったのだろうか』と、ウワサしあったそうです。それに対して、息子の神木洋介は、別に、弁明するでもなく『あれは、神罰が下ったのだ。オヤジは、本当の神の恐ろしさを、忘れてしまっていた。だから、オヤジに、神罰が下ったのだ』そんなふうに、いっていたそうです」

「神罰が下った、か」

「そうです。ひょっとすると、その時、神木洋介は、最近の殺人のように『神が、父を殺した』そういいたかったのかも、知れません」

と、岡村が、いった。

「なるほどね。その頃から、すでに、神木洋介は『神が、人を殺す』と信じていたのかも、知れないな」

と、十津川は、いった。

3

十津川は、岡村と一緒に、派出所に、戻った。

相変わらず、強風が、吹き荒れていて、海は、唸《うな》り声を上げている。

これでは、船を出すのは、とても無理だろう。

坂下警部が、十津川に、近寄ってきて、

「さっき、念のために、気象庁に、もう一度、問い合わせを、してみたんですが、やはり、明日《あした》いっぱい、この強風は、収まらないそうですよ。目の前に、あの島が、見えているというのに、船を出して、調べに行けないんですから、残念で、仕方がありませんね」

と、いった。

「野村ゆかりという巫女《みこ》の消息は、その後、つかめませんか？」

と、十津川は、きいた。

「まったく、つかめていません。家にも、帰ってきていないし、出雲大社にも、いません。また、出雲大社の、周辺で、きき込みをやっていますが、彼女が見つかったという報告も、ありません。やはり、彼女は、神木洋介に、誘拐されたと、考えて、いいのではありませんか？」

と、坂下は、いった。

とすると、やはり、彼女は、祝島に、神木洋介と、一緒にいるのだろうか？

野村ゆかりの両親や、出雲大社の人間が心配して、海岸にやってきて、祝島に、目をやっていた。

「本当に、娘は、あの島に、いるんでしょうか？」

と、ゆかりの母親が、坂下警部に、きいた。

「まだ、確認は、できませんが、あの島に、連れていかれた可能性が、強いんですよ。犯人は、神木洋介という男です。昔、あの島で、神主をやっていた男です」

と、坂下が、説明している。

「でも、あの島に、本当に、娘がいるかどうか、何か確かめる方法は、ないんでしょうか？」

と、父親が、きいた。

「何しろ、この風ですからね。船を、出すわけにも、いきませんし、ヘリを飛ばして、上空から調べるという方法も、取れません。何とか、一刻も、早く風が収まって、船を、出せればいいと思っていますが」

と、坂下は、父親に、いった。

夜になった。十一月一日の夜である。

九時過ぎに、突然、

「島に、明かりが見えるぞ！」

と、岡村巡査が、叫んだ。

海岸にいた、刑事たちの目が、一斉に、沖の祝島に、向けられた。

十津川と亀井も、目を凝らした。

なるほど、島の高いところに、ポツンと、明かりが見えた。

祝島の標高は、いちばん高いところで、百五十メートルぐらいだろう。その中腹あたりに、ポツンと、明かりがついているのだ。

その明かりは、なかなか、消えなかった。

十津川は、双眼鏡を、目にあててみた。

明らかに、それはランプか、懐中電灯の、明かりのように、見える。

風が強いせいか、その明かりは、かすかに、揺れて、見えた。

双眼鏡を、向けたまま、じっと見ているのだが、人影らしいものは、見えない。

黒い島影の中に、その、ポツンとした、明かりだけが、はっきりと見える。あの明かりのそばに、おそらく、神木洋介と、巫女の野村ゆかりが、いるのだろう。

野村ゆかりの母親は、刑事の一人から、双眼鏡を借りて、じっと、祝島を見つめていたが、悔しそうに、

「明かりは、見えますけど、娘の姿は、見えません」

と、いった。

三十分もすると、ポツンと、動かなかった明かりは、急に、少し、大きく広がったように見えた。

十津川は、あわてて、双眼鏡の焦点を合わせてみた。

その明かりが、大きく、揺れている。

十津川の横で、同じように、双眼鏡を覗《のぞ》いていた亀井が、

「あれは、焚《た》き火じゃありませんか？」

と、いった。

「そうだな。何か、燃やしているのかも、知れない」

と、十津川も、いった。

夜になると、すごく冷える。もちろん、あの島も、寒いだろう。だから、神木洋介たちも、島で、焚き火を、始めたのかも、知れなかった。

「あの焚き火には、神木洋介と、巫女の野村ゆかりが、二人で、あたっているのでしょうか？」

と、亀井が、いった。

「多分、そうだろう」

と、十津川が、いった。

「何とかして、それを、確認できないでしょうかね？」

と、亀井が、いう。

十津川は、坂下に目をやって、

「あの島に、電話は、ないんですか？」

と、きいた。

坂下は、笑って、

「何しろ、今は、島民が全部、島から出てしまっていますからね。電話なんか、ありませんよ」

と、いった。

「娘は、携帯電話を、持っているかも、知れません。それに、かけてみて、くれませんか？」

と、野村ゆかりの母親が、いった。

「娘さんは、本当に、携帯電話を、持っているんですか？」

と、坂下が、きいた。

「ええ、持っていますよ。その携帯電話が見つかっていないから、今も、そのまま、娘が、持っていると、思いますけど」

と、母親が、いった。

「じゃあ、かけてみてください」

と、坂下が、自分の携帯電話を、母親に渡した。

刑事の一人が、母親の手元を、懐中電灯で、照らす。その明かりを、頼りに、母親が、娘の携帯電話の、ナンバーを、押していく。

周りにいた刑事たちが、じっと、母親の手元を、見つめた。

呼び出し音が鳴っているのが、きこえる。

急に、母親が、声を大きくして、

「もしもし、ゆかりちゃん」

と、きいた。

十津川たちが、耳を、澄ました。

「ああ、おかあちゃん」

と、娘の声が、小さく、きこえた。

母親のほうは、ますます、甲高い声になって、

「無事なのね？　大丈夫なのね？」

と、きいている。

「ええ、大丈夫よ」

「危ないことは、ないの？」

「ええ、今のところは、大丈夫。大丈夫だから、安心して」

と、娘は、答えている。

坂下警部が、小声で、母親に、

「その携帯電話を、私に、かしてください」

と、いい、受け取ると、

「もしもし、あなたのそばに、神木洋介という男は、いませんか？」

と、坂下が、きくと、すぐ、

「神木だ」

と、男の声に、なった。

「私は、県警の、坂下警部だ。君は、神木洋介だね？」

と、坂下が、きいた。

「そうだ。俺は、神木だ」

と、男が、答える。

その声は、落ち着いていて、別に、震えてもいなかった。

「どうして、巫女《みこ》の野村ゆかりを、連れていったんだ？」

と、坂下が、きいた。

「そんな質問に、答える必要はない」

「まさか、君は、その巫女さんまで、殺すんじゃないだろうね？」

と、坂下が、きく。

「俺は、そんなバカなことはしない」

「では、なぜ、今までに、五人もの女性を殺したんだ？」

「それは、彼女たちの、自業自得だ。それに、俺が、殺したんじゃない。神々が、あの女たちに、神罰を下したんだ。今、そばにいる、巫女は、神を信じている。だから、俺は、殺さないよ。安心しろ」

と、神木が、答えた。

「君は、殺人犯だ。この風が、収まったら、われわれが、その島に、乗り込むから、大人しく、投降したまえ」

と、坂下が、いった。

「俺が今、約束できるのは、ここにいる巫女さんは、殺さないということだけだ。それ以外のことは、約束できない」

と、神木が、いった。

「今、君たちは、島のどこにいるんだ？」

と、坂下が、きいた。

「もちろん、神社の中だ」

「火が見えるが、焚き火を、しているのか？」

「ああ。寒いので、暖を、取っている」

野村ゆかりの母親が、また、坂下警部から、携帯電話を、奪い返して、

「ゆかりちゃん、本当に、大丈夫なのね?」

と、きいている。

「大丈夫よ。安心して」

と、ゆかりが、答える。

「俺は、神を信じる女は、殺さない」

そういって、神木は、電話を、切ってしまった。

4

沖の祝島に、神木洋介と、巫女の野村ゆかりが、いること、そして、野村ゆかりが、どうやら無事だとわかって、海岸に集まっていた、刑事たちの間にも、安堵《あんど》の色が、浮かんだ。

二日目の夜が、明けてきた。

風は、相変わらず強いが、空は、よく晴れている。

双眼鏡で見てみると、島の中腹には、相変わらず、焚き火の、火が見えた。やはり、寒いから、焚き火を続けなければ、いられないのだろう。

また、母親が、娘の携帯に、電話をかけた。そうしなければ、いられないのだ。

電話は、通じて、

「ゆかりちゃん、大丈夫なのね？」

と、同じことを、母親が、きいた。

「大丈夫よ。無事だから、安心して」

と、ゆかりが、答えた。

「寒いんじゃないの？　おなかが、空《す》いたんじゃないの？」

と、母親が、きいた。

「焚《た》き火を、しているから、寒くない。それに、食べるものも、あるの」

と、ゆかりが、答えた。

「どんなものがあるの？　本当に、食べ物が、あるの？」

と、母親が、きくと、急に、相手が、男の声に、代わって、

「つまらないことをきくな！」

と、叱りつけるように、いった。

「神木さん、本当に、娘を、殺さないでくださいね。お願いしますよ」

と、母親が、必死に、いった。

「何回も、いったじゃないか。俺は、神を信じる人間は、殺さないんだ。いや、神が、殺さないんだ」

と、神木は、いった。

坂下警部が、また、携帯電話をつかみ取って、

「私は、県警の坂下だ。巫女の野村ゆかりさんには、何もするな」

と、いった。

「何回も、同じことを、くどくど、いうんじゃないよ。俺が、殺さないといったら、殺さないんだ。これから、巫女と、一緒になって、出雲大社から、この島に、神を迎える儀式をする。厳粛な式典だから、もう電話はするな。俺にとっては、大事な行事なんだ」

と、神木は、そういって、また、電話を、切ってしまった。

「神木のヤツ、これから、大事な儀式をやるんだと、抜かしやがった」

と、坂下が、吐き出すように、十津川に向かって、いった。

「儀式ですか？」

「そうなんですよ。あの島の八幡神社で、巫女と、一緒になって、何かするらしい。大事な儀式だから、もう電話をするなと、いっていました」

と、坂下は、いまいまし気に、いった。

十津川は、もう一度、沖の祝島に、目を向けた。島の緑が初冬の陽を、受けて青く、光っている。常緑樹の多い、島なのだろう。

「あの島の八幡神社で、何か、儀式をやるといっているんですか？」

と、亀井が、そばに来て、いった。

二人は、並んで、じっと島を、見つめた。

「巫女を、連れていったのは、そのためらしい」

と、十津川は、いった。

「しかし、あそこは、いったん、捨てた、島でしょう？　その島に戻って、今さら、何をやろうと、いうんでしょうか？」

「神木洋介は、東京で、何人もの女を、殺しては、出雲大社に、やって来て、絵馬に書いて、神々に、報告している。おそらく、あの島でも、彼は、同じことを、やろうとしているのでは、ないだろうか？　十月の神無月が、終わったから、島の八幡神社にも、神が帰ってきたはずだからね。その神に、彼は、絵馬でも、奉納して、自分のやったことを、報告しているんじゃないか？」

と、十津川は、いった。

「殺人の報告ですか。ひどい男だ」

と、亀井が、いった。

「しかし、神木洋介は、神々に代わって、自分が、不信心な女たちに、神罰を下したと思っているんだ。だから、誇りを持って、あの島の神様にも、自分のやったことを、報告しているんじゃないかなあ」

「じゃあ、誘拐した巫女さんには、その手伝いを、させているんでしょうか？」

と、亀井が、いった。

「おそらく、そうだろうね。巫女の姿のまま、連れていった、はずだから、その巫女を、従えて、いい気分で、自分の殺人を、島の神様に、報告しているのかも、知れない」

と、十津川は、いった。

十津川は、亀井と一緒に、あの島に、渡った時のことを、思い出した。荒れ果てた島民たちの家、山の中腹に、あった島の、八幡神社。それは、小さな、神社だった。

あの神社で、今、神木洋介は、緋色《ひいろ》の袴《はかま》を、着た巫女《みこ》を、従えて、自分のやった、五つの殺人を、島の神に、報告しているのだろうか？

絵馬も奉納しているのか？

たぶん、神木は、こう思っているのだろう。

〈神々が、失われた時代。その失われた神に、代わって、自分は、神の貴さ、怖さを、教えてやったのだ〉

それは、狂気の世界だろうか？　それとも、神木洋介は、冷静に、人を殺し、そして、冷静に、神に、自分のしたことを、報告しているのだろうか？

5

昼過ぎになると、どこから、きいたのか、テレビ局の、中継車が、一台二台と、十津川たちのいる海岸に、やって来た。

どうやら、出雲大社のほうから、情報が漏れたらしい。

記者たちは、テレビカメラを、祝島のほうに向けてから、県警の坂下警部に、記者会見を、求めた。

坂下警部が、緊張した声で、状況を、説明した。

「沖に見える祝島に、現在、殺人容疑者の神木洋介と、出雲大社の、巫女の野村ゆかりさん、十九歳がいることが確認されました。神木洋介は、東京で四人、そして、東京から、出雲に向かう夜行列車の中で一人と、合計五人もの、女性を殺しています。その神木洋介が出雲大社に来て、巫女の野村ゆかりを、誘拐し、自分の生まれた場所である沖合いの祝島に、逃げ込んだのです。われわれとしては、すぐにでも、逮捕に向かいたいのですが、この風と波で、船を、出すことができません。残念ですが、今、風が、収まるのを、待っているところです」

記者たちの質問が、坂下警部に、向けられる。

「誘拐された巫女さんは、本当に、大丈夫なんですか？　五人もの女性を、殺した、そんな殺人犯と、一緒にいて、心配は、ありませんか？」

と、記者の一人が、きいた。

「今のところ、大丈夫だと、思っています。というのは、犯人の神木洋介は、神を信じない、不信心な女性ばかりを、殺したのであって、巫女さんは、間違いなく、神を、信じていますから、その限りでは、神木洋介は、巫女さんを殺さないと、思います」

「どうして、信用できるのですか？」

と、もう一人の記者が、きいた。

「実は、巫女さんの持っている、携帯電話に、こちらから、電話をかけてみたのですが、巫女さんは無事で、しっかりして、いますし、電話を代わった、神木洋介自身も、巫女さんを、殺すつもりはないと、はっきり、いっていましたから」

と、坂下警部が、答えた。

「今、あの島に、焚き火のような火が、見えますが、あれは、ずっと続いているんですか？」

「そうです。焚き火のことも、確認しています。この寒さですので、焚き火で、暖を取っているのだと思います」

と、坂下警部が、答えた。

相変わらず、今日も、風が強い。

風が強いまま、夜になった。

そして、十一月三日の朝になって、ようやく、風が弱くなってきた。

「これなら、そろそろ、船を出せるかも、知れません」

と、坂下警部が、いった時、突然、上空に、ヘリコプターの音が、きこえてきた。

十津川が、空を、見上げると、ヘリコプターが二機、ゆっくりと、頭上を飛んで、祝島に向かっている。どうやら、テレビ局が、チャーターした、ヘリコプターらしい。

見ていると、島の上空に、着いた、ヘリコプターは、ギリギリまで、降下していって、しきりに、島の周りを、輪を描くようにして、飛んでいる。

十津川は、それを、見ていて、

(あまり、神木洋介を、刺激しないで、くれればいいな)

と、思った。

何しろ、神木洋介は、狂っているのだ。ヘリコプターが、近づきすぎて、その爆音が、神木の神経を、逆なですることがあったら、巫女の野村ゆかりも殺しかねない。

それだけに、余計に、

(一刻も早く、あの島に、行きたい)

と、思った。

その時、坂下警部が、怒鳴った。

「十津川さん、船が出せるようになりましたよ！　一緒に行きませんか？」

「もちろん、行きますよ」

と、いって、坂下警部と一緒に、十津川と亀井も、駈《か》け出した。

近くの漁港から、漁船が、出るというのである。まだ波は、荒かったが、漁船を、出してくれるという。

用意された漁船は、三隻だった。それに、刑事たちが分乗して、祝島に、向かうことになった。

島の上空では、相変わらず、二機のヘリコプターが、飛び交っている。

「何とかして、巫女さんを、無事に、助け出したいですね」

と、亀井が、低い声で、いった。

十津川と亀井は、坂下警部と一緒に、漁船の一隻に、乗り込んだ。

午後一時近い。

エンジンが、かけられ、ほかの二隻の漁船と一緒に、岸を離れる。堤防の外に、出ると、波しぶきが、甲板にいる十津川たちに、襲いかかってきた。

その海水が、やたらに、冷たい。

しかし、刑事たちは、じっと、祝島を見つめたまま、甲板に、立っていた。

坂下警部は、神木洋介の、気を引くために、また、野村ゆかりの携帯電話に、かけてみた。

ゆかりが、電話に出る。

「大丈夫ですか？」

と、坂下が、きく。

「ええ。何とも、ありません。ちょっと寒いけど」

と、ゆかりが、答えている。

「そばにいる、神木洋介に、代わってもらえませんか？」

と、坂下が、いった。

すぐ、神木の声に、代わった。

「何の用だ？」

と、神木が、きく。

（おそらく、神木は、島に近づいてくる、漁船の姿を、見ているだろう。それを見て、野村ゆかりを、殺すような、気持ちになっては、困る）

坂下は、そう思って、

「君のいっていた儀式は、もう済んだのかね？」

と、相手の、気を引くような、質問をした。

「ああ。無事に、終わった」

と、神木が、答える。

「どんな儀式だったのか、教えて、くれないかね？」

「どうして、刑事が、そんなことに、興味を持つんだ？」

「君は、島で、神主をしていたんだろう？　君は、そこの、八幡神社に、何か報告をしたのかね？　もし、そうだとしたら、何を、報告したのか、教えて、くれないかね？」

と、坂下が、いった。

「そんなこと、刑事のあんたには、説明したって、わからないだろう？　俺は、神に、語りかけ、神の声を、きいたんだ」

と、神木が、いう。

「神様は、何といったんだ？　教えてくれないか？」

と、坂下が、きいた。

「島の神々は、喜んでおられたよ」

と、神木が、いった。

そんな、電話の声をききながら、十津川は、近づいてくる島に、じっと、目を向けていた。

これから、無事に、神木洋介を、逮捕して、巫女《みこ》の野村ゆかりを、救出できるのだろうか？

第七章　神々の死

1

十津川たちの乗った漁船は、祝島の岸壁に、たどり着いた。

県警の刑事たちが、乗った漁船、それに、出雲大社の職員の乗った、漁船も、相次いで、島に到着し、人々は、上陸していった。

上陸した地点で、まず、坂下警部が、部下の刑事たちを、集めて、注意を、促した。

「何よりも、第一に、考えなくては、ならないのは、人質になっている、巫女の、野村ゆかりの安全だ。そのためには、神木洋介を、怒らせてはいけない。見つけても、すぐには、逮捕しようと、するな。まず、説得して、巫女の野村ゆかりを、解放させることだ。それを、第一に、考えて、欲しい」

その訓示が、終わった後、全員で、島の集落に、向かって、歩いていった。

海岸沿いの集落には、もちろん、今は、人の気配が、ない。どの家も、屋根瓦《やねがわら》が落ちたり、壁が、落ちたりして、文字通り廃屋に、なっていた。

その集落を、通りすぎて、県警の刑事たちや、十津川、亀井たちは、島の中央にある小高い山に向かって登っていく。

山を覆う、森林は、島民が、いなくなって、しばらく経つので、もちろん、手入れもされてなく、原生林に、近くなっていた。

同行している、野村ゆかりの両親が、時々立ち止まって、大声で山に向かって、呼びかけたが、返事は、なかった。

山の中腹にある、神社に、たどり着いたが、そこにも、神木洋介と、野村ゆかりの姿は、見えない。

さらに、登っていくと、頂上近くに、しめ縄が、張られていた。

突然、十津川たちに向かって、そのしめ縄の奥から、神木洋介の声が、きこえた。

「それ以上近づくな。近づいたら、巫女の野村ゆかりを、殺すぞ！」

と、神木が、叫んでいる。

十津川たちや、県警の刑事たちは、思わず、立ち止まった。

四角く張られた、しめ縄の奥に、大きな木が、そびえていて、その木の根元に、神木洋介と野村ゆかりの姿が、見えた。

神木は、手に、きらきら光る、ナイフを持っていた。それが、刑事たちを、ひるませた。

坂下警部が、部下たちに、訓示したように、何よりも、巫女の野村ゆかりの、安全が、考えられなければならない。

今、うかつに、近づけば、神木洋介は、手に持った、ナイフで、ゆかりを、刺すかも知れなかった。いや、十分に、刺す恐れがあった。

雲の切れ間から、陽が差して、その太陽が、神木の持ったナイフを、一層、きらきら光らせて、いた。

坂下警部が、メガホンを、手に取って、

「神木洋介に、告げる！」

と、大声で、叫んだ。

「すぐ、野村ゆかりを、解放しなさい！　ただちに、解放しなさい！」

「今は、ダメだ！」

と、神木が、怒鳴り返してきた。

「どうして、ダメなんだ？」

「今、神々が、この島に、降臨するのを、待っているんだ。だから、ここに、しめ縄を、張ってある。もうすぐ、この場所に、神々が降臨する。それを、待っているんだ。だから、今は、この巫女さんが必要なんだ！」

と、神木が、怒鳴った。

「それなら、いつまで、待てばいいんだ？」

「だから、いっているだろう。神々が、降臨するまでだ！」

「いつになったら、神様が、この島に、降臨するのかね？」

と、坂下が、きいた。

「いつになるか、そんなことが、わかるか。とにかく、待たなければ、いけないんだ。それに、あんたたちが、騒いでいれば、神々は、怒って、降臨しなくなる。だから、静かにしたまえ。そして、海岸線まで、下がって、その時を待つんだ！」

と、神木は、大声を出した。

怒鳴るたびに、手に持ったナイフが、きらきら光る。それが、不気味だった。

坂下は、メガホンを、取り直すと、

「君がいうように、神々が、降臨したら、その時には、間違いなく、巫女さんを、返してくれるんだな？」

「もちろん、返す。だから、あんたたちは、下がって欲しい。そうしないと、いつまで経っても、神々は、この島に、降臨しないぞ！」

と、神木が、大声を出した。

坂下は、十津川に、目をやって、

「どうしたらいいと、思いますか？　あの男のいうとおり、しばらく、海岸線まで下がって、待ちますか？」

「そうするより、しょうがないでしょうね。ヘタをすると、あの男は、間違いなく、巫女さんを、刺しますよ」

と、十津川も、いった。

2

坂下と十津川は、全員を、一時的に、海岸線まで、下がらせることを、決断した。

野村ゆかりの両親は、絶対に、嫌だと、主張したが、それでも、

「とにかく、ゆかりさんの安全が、第一ですから」

と、説得して、海岸線まで、下がらせることができた。

全員が、港まで、下がった。

「あの神木洋介という男は、いったい、どういう、つもりなんでしょうかね？　頭が、おかしいんじゃありませんか？　本当に、神様が、この島に、降臨するとでも、思っているんでしょうか？」

と、坂下が、ぼやくと、同行していた出雲大社の、神主の一人が、

「日本の神道では、山頂や、高い木に、神々が、降臨すると、考えられています。この島で、神主だった、あの神木も、それを、信じているんでしょう。だから、山頂に、しめ縄を張って、神々の、居場所を作り、そして、その中に、立っている、大きな樹、あれは、おそらく、榊《さかき》の木だと、思いますが、あの木に、神々が降臨すると、信じているのだと思いますね。だから、それを、待っているんでしょう」

「しかし、それは、たとえ話、みたいなものでしょう？　本当に、日本の神様は、しめ縄を張った、あの大木の上に、降臨すると、信じているのですか？」

と、坂下が、きいた。

神主は、苦笑して、

「もちろん、今では、それが、たとえ話だと、わかっていますよ。しかし、そうした、いい伝えを、信じたい気持ちも、あります。だから、神木洋介は、それを、信じているんでしょう。いや、信じたいと、思い込んでいるのかも、知れません」

と、いった。

十津川は、山頂に、目をやった。この場所からは、しめ縄は、見えないが、高くそびえる榊の木を、見ることはできた。

あの根元に、神木洋介と、巫女の野村ゆかりが、いるのだろう。もちろん、今でも、神木は手に、ナイフを、持っているに、違いない。

亀井が、十津川のそばに来て、同じように、山頂に、目をやった。

「神木洋介が、あの榊の木に、神々が、降臨すると、信じているとしても、ですね、実際には、たとえ話ですから、降臨することなんて、あり得ないわけでしょう？　そうなると、神木は、いつ、神々が、降臨したと、信じるんでしょうね？」

と、十津川に向かって、いった。

「それは、あの男が、降臨したと、信じる、時だろう」

と、十津川が、いった。

「じゃあ、彼の判断次第だと、いうことですか？」

「そうだろう。そうなるな」

「しかし、いつまで、経っても、神木が、まだ、神々が、降臨しないと思っていたら、どうなるんでしょう？　いつまで、待てば、いいんですかね？」

と、亀井が、いった。

それは、十津川にも、わからない。

時間が経っていく。イライラするような、時間だった。

そこにいる全員が、山頂の、榊の木に、向かって、目をこらしているのだが、いつまで、経っても、神木洋介の声は、きこえて、こなかった。

坂下警部が、声をひそめて、

「われわれ、二人だけで、様子を、見に行ってみませんか？　全員で、動いたら、神木を刺激してしまいますから」

と、十津川に、いった。

「いいですね。二人だけで、行ってみましょう」

と、十津川も、応じた。

二人は、ほかの刑事たちを、港に残しておいて、山道を、ゆっくりと、登っていった。

木々の間に、身を隠すようにして、二人は、そっと、山頂に近づいて、いった。

やがて、例の、しめ縄が、見える場所まで、来た。

身を伏せて、様子を、うかがうと、榊の大木の、根元のところに、巫女《みこ》姿の野村ゆかりが、腰を下ろしているのが、見えた。

神木洋介のほうは、しめ縄の張られた中にある、大きな、石の上に、腰を下ろしていた。そして、じっと、空を見上げている。

「神木は、何か、つぶやいているみたいですよ」

と、坂下が、声を潜めて、いった。

なるほど、空を見上げている、神木洋介の口元が、小さく、動いているのが見えた。

「たぶん、天に向かって、神々が、この島に降臨してくれるのを、祈っているんじゃありませんか？」

と、これも小声で、十津川が、いった。

「当人は、真剣なのかも、知れませんが、こちらで、見ていると、滑稽《こっけい》に、見えますね。天が、応《こた》えるはずなんて、ないんですから」

と、坂下が、いった。

そのうちに、神木は、木の根元に、腰を下ろしている、巫女の野村ゆかりを、手招きした。

巫女姿の彼女が、近づくと、神木は、自分と一緒に、天に向かって、祈るように、命じたらしく、野村ゆかりも、神木と並んで、じっと空を、見上げている。

だが、そのまま、時間が、経っていく。

「いったい、いつまで待てば、いいんですかね？」

と、坂下が、険しい表情で、十津川に、いった。

声は、潜めているが、明らかに、苛立《いらだ》っているのが、わかる。

「まるで、あの二人は、何か、奇跡が起こるのを、待っているように、見えますね」

と、十津川が、いった。

「奇跡なんか、絶対に、起こるわけがありませんよ。とにかく、暗くなったら、おしまいですから、いざとなれば、その前に、刑事たちに、突入させます」

と、坂下が、いった。

確かに、暗くなってしまったら、この小さな島でも、二人を探すのは、難しくなるだろう。その前に、突入するという坂下警部の考えも、わからなくは、なかった。

そうなれば、神木洋介か、野村ゆかりの、どちらかを、負傷させることに、なってしまうかも知れない。ヘタをすれば、殺して、しまうだろう。

そうなることは、どうしても、防ぎたかった。

陽が差したり、陰ったり、するのだが、気温が、いっこうに、上がってこない。むしろ、寒くなってきた。

十津川は、腹ばいに、なりながら、身体が、小きざみに震えているのを、感じた。東京生まれで、東京育ちの十津川には、やはり、この山陰の島の気候は、寒かった。

急に、遠雷のようなものが、きこえた。空耳かと、思っていると、また、きこえてくる。

十津川は、そばにいる、坂下に、向かって、

「今の、雷ですか？」

と、きいた。

この土地に、生まれたという、坂下警部は、

「そうですよ。あれは、雷です」

と、別に、驚きもせず、答えた。

「しかし、今は、秋でしょう？　初冬と、いってもいい。そんな時に、雷が、鳴るなんてことが、あるんですか？」

「鳴りますよ。それが、この山陰の気候なんです。夏は、地上と、上空の気温が、違うと、雷が、鳴りますが、同じように、冬でも、山陰では、急に、寒気が、上空に来ると、地上との、温度差ができて、雷が、鳴るんですよ。別に、珍しいことじゃありません」

と、坂下は、いった。

また、間を置いて、遠雷が、きこえた。

そのうちに、突然、周囲が、暗くなった。

と、思う間もなく、何かが、音を立てて、降ってきた。

それは、雨では、なくて、小さな、雹《ひょう》だった。

雷が鳴り、そして、音を立てて、雹が降ってくる。たちまち、十津川たちのいる、森の中は、雹が、木の枝や葉を打つ音で、あふれ返った。

暗さと、降り注ぐ雹のために、目の前が、見えなくなってくる。しめ縄も、榊の木も、神木洋介も、巫女の野村ゆかりも、見えなくなって、しまった。

二人の刑事は、上着を、頭からかぶるようにして、降り注いでくる、小さな雹を、防いだ。

それでも、身体に突き刺さるように痛い。

降り続く雹が、地面に当たって、音を立てている。はね返る。その音は、森いっぱいを、覆って、ほかの音が、きこえなくなってしまった。

十津川は、消えてしまった、神木洋介のことを、考えていた。

彼は今、どうして、いるだろう？

この、降りしきる、雹の中で、じっとまだ、巫女を、そばにおいて、空に向かって、祈っているのだろうか？

とすると、この、突然の雷鳴と、雹は、神木には、神の啓示のように、受け取られているのではないのか？

二、三十分すると、突然、陽が、差し込んできた。

今まで、一寸先も、見えなかったのに、急にまた、明るくなってきて、十津川の目に、張られた、しめ縄が、見えてきた。

そして、そのしめ縄の中にいる、神木洋介と巫女の姿も、である。

二人とも、まだ、空を見上げていた。同じ姿勢で、じっと、動かずにいる。あの雹の嵐の中でも、この二人は、祈っていたのだろうか。

坂下警部も、起き上がって、しめ縄の中にいる、二人の男女に、目を向けた。

坂下は、小さく、舌打ちをして、

「今の、突然の雷鳴と、雹が、降ったことを、神木洋介が、神の啓示と、受け取ってくれたらいいと、思っていたのですがね。どうやら、あの様子を、見る限りでは、そうとは、思わなかったらしい」

と、いった。

どうやら、坂下も、十津川と、同じようなことを、考えていたらしい。

十津川は、苦笑して、

「そのようですね。あの様子では、まだ、神木は、巫女さんを解放しそうには、ありませんね」

「いったい、いつまで、待ったらいいのか」

と、坂下警部は、また、舌打ちをした。

背後に、物音がして、這《は》うようにして、亀井が、十津川のそばに、やって来た。

そして、同じように、しめ縄と、その向こうにいる、神木洋介と、野村ゆかりに、目をやって、

「まだ、神木は、巫女さんを、解放しそうに、ありませんか？」

と、小声で、きいた。

「あの様子じゃ、まだ、解放するとは、思えないね」

と、十津川が、いった。

「全員、中でも、巫女さんの両親は、このまま暗くなったら、どうするんだと、心配していますよ。昼間なのに、さっき、一時的に、暗くなったでしょう？　雹が、降ってきて、それで、あの両親は、ますます、不安になってきているんですよ」

と、亀井が、いった。

それを、そのまま、坂下警部に、伝えると、

「私も、さっきいったように、暗くなるのが、心配なんです。それまでに、絶対、野村ゆかりを、解放させるか、それができなければ、暗くなる前に、突入しようと、思っています。おそらく、刑事たちも、野村ゆかりの両親も、そう思っているに、違いありませんから、必ず実行します」

と、坂下は、いった。

3

突然また、周囲が暗くなり、雷鳴が、轟《とどろ》き、細かい雹が、降ってきた。その雹が、地

面を叩《たた》き、小枝を叩き、そして、木の葉を、叩いて、その音が十津川たちの耳を、奪っていく。

前と同じように、視界が、どんどん、狭くなり、しめ縄も、榊《さかき》の大木も、そして、神木洋介と、巫女《みこ》の野村ゆかりの姿も、十津川の目の前から消えていく。

「すごい雹ですね」

と、そばで、亀井が、いっているのだが、その声も途切れ途切れにしか、きこえてこない。それほど、雹が、降り注ぐ音が、大きかった。

そして、周囲は、真暗だ。いなびかりが走る。

雷鳴は、どんどん、大きくなっていく。そして、前と同じように、突然、雷鳴が消え、雹もやみ、どんどん、明るくなっていった。

十津川は、また、目を凝らした。方形のしめ縄の中に、相変わらず、神木洋介と、巫女がいた。

どうやら、また、神木洋介の期待する、神々の降臨は、なかったらしい。

坂下警部が、自分の腕時計に、眼をやった。

「午後二時に、なります」

と、坂下は、十津川に、向かって、小声で、いった。

「もう、そんな時間に、なりますか」

十津川は、時間の速さに、驚いた。

「この辺りでは、今の季節なら、午後五時には、暗くなって、しまいます。それまでには、突入させます。何としてでも、暗くなるまでに、解決したいんですよ。もし、その時、神木洋介が、抵抗するようならば、射殺します」

と、坂下警部は、きっぱりと、いい、続けて、

「私に反対でしたら、いって、ください」

「いや、反対は、しませんよ。私も、万一のときには、神木洋介の射殺も、仕方がないと、思っています」

と、十津川も、いった。

「それを、きいて、安心しました」

と、坂下が、小さく、笑った。

身を潜めている、十津川たちもそうだが、しめ縄の中にいる、神木洋介と、巫女の野村ゆかりも、二回の雹に打たれて、身体を、濡《ぬ》らしているに違いなかった。

十津川も、痛いような、寒さを、感じているから、神木と、野村ゆかりも、同じであるに違いない。

「寒くないんですかね、あの連中は？」

と、亀井が、いった。

「いや、もちろん、われわれと、同じように、寒いだろう。しかし、神木のほうは、今は、狂ったような、気持ちになっているはずだから、寒さなんて、感じていないかも知

れないな」

　と、十津川が、いった。

「ああやって、空を、時々見上げていますが、本当に、神がこの島に、降臨すると、信じているんでしょうかね？」

　と、亀井が、いった。

「信じているからこそ、身動きもせずに、空を見上げているんだろう」

　と、十津川が、答える。

　ふいに、坂下警部が、声をあげた。

「何を、しているんだ！　バカなことをするな！」

　と、小さく、叫んでいる。

　十津川が、目をやると、野村ゆかりの母親が、いつの間にか、やってきて、いきなり、しめ縄の中に、身を躍らせるようにして、入っていったのだ。

　十津川は、息を呑《の》んで、成り行きを、見守った。

　もし、今、あの母親に、向かって、神木洋介が、ナイフを振り下ろすようなことが、あったら、飛び出していかなくてはならない、そう思った。いや、神木を射殺しなければならないだろう。

　野村ゆかりの、母親は、小走りに走っていって、娘の身体に、しがみついている。しかし、そんな母親に、向かって、神木洋介は、ナイフで、刺そうとはせず、彼女の肩を、つかんで、何か、叫んでいた。

自分の願いを、邪魔するなとでも、怒鳴っているのだろうか？

それに、対して、母親のほうも、口を大きく開けて、何か、叫んでいる。

早く、娘を、返せとでも、いっているのだろうか？

しかし、そのうち、彼女も、その場に、うずくまってしまった。

神木と一緒になって、空を見上げ始めた。神木洋介が、娘を返すから、一緒になって、神がこの島に、降臨するように祈ってくれと頼んだのか？

ゆかりの母親は、娘を、助けたい一心で、神木のいうがままに、同じように、空を見上げて、何かを、祈りだしたのかも、知れない。

十津川は、ひとまず、ゆかりの母親が、神木に、刺されないことになって、ホッとした。

「人質が、一人多くなるなんて、困ったものだ」

と、坂下が、また、舌打ちをした。

また、時間が、経っていく。

十津川は、自分の腕時計に目をやった。もうすぐ、午後三時になる。さらに、午後四時を過ぎれば、暗くなるのも、近いから、県警の坂下警部たちは、しめ縄の中に、突入していくだろう。神木の作った聖地にである。

そして、万一の時には、ピストルを、構えて、神木洋介を、射殺するだろう。

それは、仕方がないと、思っても、一方では、十津川は、何とかして、それだけは、止《や》めさせたかった。

また、雷が、きこえてきた。山陰の冬というのは、こういう天候が繰り返される、ものらしい。

その雷鳴に、あわせるように、気温が、どんどん下がっていく。

そして、突然、周囲が、暗くなったと思った途端に、猛烈な勢いで、雹《ひょう》が降ってきた。

そして、しめ縄の中も、暗くなってしまった。

しかし、今度は、明るくなることがなく、雷鳴は、激しくなっていった。稲妻が走る。

雷鳴が、とどろく。雷の音と光の間隔が、狭くなっていく。

「雷が近づいて、きますよ」

と、そばで、亀井が、小声で、いった。

突然、稲妻と雷鳴が、同時に起きた。目の前が、真っ赤になった。

雷の音が、轟音《ごうおん》になって、十津川の耳をつんざいた。

一瞬、三人の刑事は、反射的に、地面に、身を伏せた。

バリバリという、木の割れる音がきこえ、その、折れた木の幹が、倒れかかってきた。

(落雷だ)

と、十津川は、感じた。

それに、合わせたように、降り注ぐ、雹の勢いが、いっそう、増していった。

さらに、続けざまに、落雷の音がきこえ、やがて、その雷鳴は、遠ざかっていった。

雹がやみ、周囲が、明るくなっていく。

十津川は、目を凝らした。

大きく、そびえていた榊の木が、真っ二つに割れて、その片方が、地面に、横たわっているのが、見えた。

雷が、あの榊の幹に、落ちたのだ。

大木は、二つに割れて、その片方が、地面に、叩きつけられたに、違いなかった。

十津川は、目を凝らして、神木洋介と巫女の野村ゆかり、そして、彼女の母親を、探した。

三人とも、大きな石の陰にでも、身を潜めたのか、姿が、見えない。

さらに、じっと、目を凝らしていると、石の陰に、野村ゆかりと母親を発見した。しかし、神木洋介の姿は、見えない。

十津川は、立ち上がった。

それに合わせるかのように、亀井と坂下警部も、立ち上がった。

三人は、一斉に走り出して、しめ縄の中に飛び込んで、いった。

巫女姿の、ゆかりと、母親が、身体を並べて、横たわっているのだが、神木の姿は、消えていた。

ゆかりが、眼を開け、のろのろと、身体を起こした。赤と白の巫女《みこ》の着物は、ずぶぬれになっている。

だが、さっきの落雷のショックからか、言葉を失ったみたいに、呆然《ぼうぜん》としていた。

十津川は、隣りの母親に眼を移して、ぎょっとなった。

彼女は、ぴくりとも動かない。彼女の地味な着物も、ぬれていたが、その着物が、よく見ると、黒く焦げているのだ。

それだけでなく、髪の毛も、逆立っている。十津川は、彼女の身体を、小さくゆすってみたが、反応が、ない。

「彼女に、雷が落ちたんですか」

と、亀井が、小声で、きいた。

「そうとしか思えない」

「すぐ、病院に運ばなきゃ駄目だ」

と、坂下が、いい、大声で、

「誰か、二人来い！」

と、下に向かって、叫んだ。

二人の若い刑事が、飛んできた。

「この人を、すぐ、病院へ運んでくれ」

と、坂下は、いった。

「落雷ですか？」

「そうだ。早く運ばないと、死ぬかも知れん」

と、坂下が、いった。

二人の刑事は、ゆかりの母親の身体を、担ぎあげると、小走りに、山を下って行った。

ゆかりが、やっと、正気に戻《もど》って、その後を、追おうとする。

それを、十津川が、押し止めて、

「あなたには、聞きたいことがあるんだ」

と、いった。

「でも、母さんが――」

と、ゆかりが、いう。

「お母さんは、大丈夫ですよ。病院に運んで、手当てをすれば、助かる。あなたも、すぐ、あとから、行ったらいい。ただ、その前に、神木のことを教えて下さい。彼は、何《ど》処《こ》へ行ったんです？」

十津川がきくと、傍から、坂下も、

「私も、ぜひ、知りたい。あいつは、ナイフを持ってるから、また、人を殺す恐れがあるんだ」

と、ゆかりに向かって、いった。

「でも、雷が落ちて、気絶してしまって。気がついたら、神木さんの姿が、消えていたんです。ですから、何処へ行ったのかわかりません」

ゆかりが、いう。まだ、声の調子が、おかしかった。

「本当に、わからないの？」

と、坂下が、きいた。

「わかりません」

「しようがないな」

と、坂下は、舌打ちしてから、十津川に向かって、

「私は、山頂の方を、探してみます。あの男は、どうやら、神様は、高い所へ降臨すると、思い込んでいるようですからね」

と、いい残して、山道を、さらに登って行った。

「私、もう、病院へ行っていいですか？」

と、ゆかりが、十津川に、きく。

「もう一つ教えて下さい」

と、十津川は、いった。

「神木は、出雲大社から、逃げる時、あなたを、人質にとった。しかし、私は、神木が、単に、身の安全のためだけに、あなたを誘拐したとは、思えないんですよ。それなら、小さな子供の方が、人質として役に立ちますからね。だから、神木は、巫女のあなたを、この島に連れて来て、何かをやらせようと、したに違いない。実際のところ、彼は、あなたに、何をやらせようとしたんですか？」

「――」

「あなたも、あの榊《さかき》の木の傍で、神木と並んで、空を見上げていましたが、あれも、神木に命令されたんですか？」

と、十津川は、きいた。

「神木さんは、私を船に乗せてから、いったんです。あの祝島で、おれは神主をやっていた。昔は、人々が、神を信じていたから、とても平和だった。ところが、人々が、神を信じなくなったため、神々も、島から去ってしまった。そして、島も、島民の心も荒廃して、無人になった。おれは、神主として、もう一度、あの島を神の島にしたい。そのためには、島へ行って、神々を降臨させるので、巫女として協力してくれって。おれは、命を賭《か》けていると、いわれたんです」

と、ゆかりが、いった。

「脅かされたんですね？」

と、亀井がきくと、ゆかりは、黙って肯《うなず》いた。

「神木は、本気で、神が祝島に降臨すると、信じているようでしたか？」

と、十津川が、きいた。

「ええ。本気だと思います」

と、ゆかりが、いった。

まだ、ゆかりの身体が、ふるえている。寒さと、同時に、恐怖が、まだ、残っているからだろう。

「もう、病院へ行って、いいですか？　母さんのことが、心配なので――」

と、ゆかりが、いった。

「もう、いいですよ。ありがとう」

と、十津川が、いった。

ゆかりが、下山して行くのと、入れ違いのように、坂下警部が、戻って来た。

十津川と、眼が合うと、坂下は、小さく肩をすくめて、

「神木は、山の上には、いませんでした。いったい、何処に消えたんですかね」

と、いった。

坂下は、携帯で、部下の刑事に、連絡をとった。

時間は、その間にも、容赦なく、なくなっていって、周囲は、少しずつ、暗くなっていく。

坂下は、刑事たちに、集まるように、電話で、伝えた。

集まった部下たちに向かって、坂下は、

「全員で、手分けして、神木洋介を、探すんだ。ここは島だ。ヤツが、島の外に、逃げる方法はないんだ。何とかして、暗くなるまでに、見つけ出せ」

と、命じた。

その後、十津川と亀井の二人は、近くの林の中に入っていった。だが、神木は、見つ

からない。

港にも、何人か刑事を、残してあるから、神木が、漁船を使って、島から逃げ出すことは、考えられなかった。

小さな島なのだが、それでも、原生林に、近い森が、島を、覆っている。そのためか、なかなか、神木は、見つからなかった。

そのうち、島全体が、暗くなって、いった。

4

坂下警部は、いったん、部下の刑事たちを、港の線まで、下がらせた。

神木洋介は、暗さを利用して、港にある、漁船の一隻を奪って、島から、逃走を図ろうとするかも、知れない。それを、考えて、坂下警部は、部下の刑事たちを、港まで、下がらせたのである。

その措置には、十津川も、賛成した。

とにかく、この島から、出さなければ、神木洋介は、時間がかかっても、間違いなく、逮捕できるのだ。

港では、刑事たちが、集めてきた小枝で、焚《た》き火を始めた。とにかく、寒いのだ。

十津川と亀井も、その焚き火に、あたりながら、暗く沈んでしまった、森に向かって、目を走らせた。

「神木のヤツ、どこに、いるんでしょうかね？」

と、亀井が、きいた。

「多分、彼は、自分が、神主をやっていた、八幡神社に、行ったに違いない」

と、十津川が、いった。

「しかし、あの八幡神社だって、今は、荒れ果てていますよ」

「確かに、荒れ果てているが、あの男にとって、あの社が島でいちばん大事なところじゃないか。おそらく、神木は、山頂の大木に、落雷した瞬間、神々が、降臨したと思ったに違いない。そうだとすると、そのことを、社に行って、報告しようとしているんじゃ、ないだろうか？」

と、十津川が、いった。

「じゃあ、神社に行ってみようじゃありませんか？」

と、亀井が、応じた。

二人は、また、森に向かって登っていった。

月が、出ていないので、周囲は暗い。怖いほどの、暗さだった。これが、本当の自然の闇というのだろう。

十津川は、歩きながら、懐中電灯を、つけようとして、すぐに、スイッチを、切ってしまった。前方の山の中に、小さな明かりが、見えたからである。あの辺りは、確か、八幡神社の拝殿のある、場所なのだ。

たぶん、今の明かりは、神木洋介が、つけたものに、違いないと思った。

5

二人は、足音を忍ばせて、近づいていった。

わずかな、ろうそくの明かりの中に、黒い人影が、浮かんでいる。顔の輪郭が、見えるように、なってきた。

神木洋介が、目を閉じて、一心に何かを唱えていた。

「神木洋介、逮捕するぞ！」

と、十津川が、声をかけた。

神木が、振り向く。その神木に、向かって、亀井が、飛びついて、いった。

それを、振り払って、神木は、突然、走り出した。

彼の走る方向に、海が、開けている。崖《がけ》の向こうは海だ。

「彼を死なせちゃいかん！　ダメだ、死なせるな！」

十津川は、叫びながら、闇の中を走った。

木の根か、木の蔓《つる》に、つまずいて、神木が転倒する。それに、覆い被《かぶ》さるようにして、十津川と亀井が、飛びついて、いった。

6

逮捕された、神木洋介は、島から、松江警察署に、連行された。

最初に、出雲市内での、巫女《みこ》の誘拐事件について、県警の、坂下警部が訊問《じんもん》し、その後、東京と、列車内で起きた殺人事件について、十津川と亀井が、神木洋介を、訊問した。

まず、十津川が、五件の殺人事件について、認めるか、どうかを、きいた。

神木は、あっさりと、

「俺が、やったんだ。全部、俺が一人で、やったんだよ」

と、いった。

「あっさりと、認めるということは、自分のしたことを、正しいと、思っているからか？」

と、十津川が、きいた。

「俺は、正しいことを、やった。やましいところは、一つもない。十月には、神々が、東京という大都会を、去ってしまったので、その代わりに、俺が、不信心な女たちに、罰を与えたんだ。そのことは、全部、出雲に集まっていた神々に、報告したよ」

神木は、むしろ誇らしげに、十津川に、いった。

「それは、君の耳に、女を殺せという神の声が、きこえたということかね？」

と、十津川が、きいた。

「俺は、きいたんだ。私に代わって、罰を与えてくれという、神の声をだ。だから、俺は、五人を殺したことを、少しもやましいとは、思っていない。神々が殺したんだからな」

「君のいうことは、まったく、信じられないな。バカげていて、滑稽《こっけい》だ」

十津川が、冷たく、いった。

と、神木が、いった。

「どこが、信じられないんだ？　どこがバカげているんだ？」

と、神木が、反発した。

「君は、五人の女を、殺した。それも、若い女性ばかりだ。それは、君のいう、神の声なんかじゃない。君は、母親に、捨てられた。それが、トラウマとして残っているから、その復讐《ふくしゅう》をしたに、過ぎないんだ。それは、個人的な復讐であって、神とは、何の関係もない」

と、十津川は、いった。

母親という言葉を、出した途端、急に、神木洋介の顔が、歪《ゆが》んでしまった。

「そんなことはない！　俺のやったことは、正しいんだ！　俺のやったことは、神の声なんだ！」

と、神木は、大声を出した。

「それならなぜ、君は、若い女性ばかりを、殺したんだ？　男より、女のほうが、不信心なのか？　そんなことは、ないだろう。信仰が、薄くなったのは、日本人全体だ。それなのに、なぜ、男は、殺さなかったんだ？　それは、君の心の中で、母親を恨む気持ちが、強かったからだ。つまり、母親に対する、復讐だよ。それ以外に、何が、考えられると、いうんだ？　そんなものは、神の声なんかじゃない。君自身の、勝手な復讐なんだ。それとも、君を捨てた母親の声が、きこえたとでも、いうのか？　母親の顔が浮かんできたとでも、いうのか？　若い女性を殺す時、君は、何を、考えていたんだ？　ざまあみろと、母親に、向かっていったのか？」

十津川が、いいつのるに、つれて、どんどん、神木の顔がみにくく、歪んでいった。

そして、ついに、神木は、声を上げて、泣き出した。

その様子は、母に叱られた、幼児のように、見えた。

この作品はフィクションで、作中に登場する個人、団体名など、全て架空であることを付記します。（編集部）

本書は二〇〇六年三月、双葉文庫より刊行されました。

出雲《いずも》神々《かみがみ》の殺人《さつじん》

西村《にしむら》京《きょう》太郎《たろう》

平成25年 3月25日　初版発行
令和6年 12月15日　8版発行

発行者●山下直久

発行●株式会社KADOKAWA
〒102-8177　東京都千代田区富士見2-13-3
電話　0570-002-301(ナビダイヤル)

角川文庫 17879

印刷所●株式会社KADOKAWA
製本所●株式会社KADOKAWA

表紙画●和田三造

●お問い合わせ
https://www.kadokawa.co.jp/（「お問い合わせ」へお進みください）
※内容によっては、お答えできない場合があります。
※サポートは日本国内のみとさせていただきます。
※Japanese text only

ISBN978-4-04-100740-2　C0193

角川文庫発刊に際して

角川源義

第二次世界大戦の敗北は、軍事力の敗北であった以上に、私たちの若い文化力の敗退であった。私たちの文化が戦争に対して如何に無力であり、単なるあだ花に過ぎなかったかを、私たちは身を以て体験し痛感した。西洋近代文化の摂取にとって、明治以後八十年の歳月は決して短かすぎたとは言えない。にもかかわらず、近代文化の伝統を確立し、自由な批判と柔軟な良識に富む文化層として自らを形成することに私たちは失敗して来た。そしてこれは、各層への文化の普及滲透を任務とする出版人の責任でもあった。

一九四五年以来、私たちは再び振出しに戻り、第一歩から踏み出すことを余儀なくされた。これは大きな不幸ではあるが、反面、これまでの混沌・未熟・歪曲の中にあった我が国の文化に秩序と確たる基礎を齎らすためには絶好の機会でもある。角川書店は、このような祖国の文化的危機にあたり、微力をも顧みず再建の礎石たるべき抱負と決意とをもって出発したが、ここに創立以来の念願を果すべく角川文庫を発刊する。これまで刊行されたあらゆる全集叢書文庫類の長所と短所とを検討し、古今東西の不朽の典籍を、良心的編集のもとに、廉価に、そして書架にふさわしい美本として、多くのひとびとに提供しようとする。しかし私たちは徒らに百科全書的な知識のジレッタントを作ることを目的とせず、あくまで祖国の文化に秩序と再建への道を示し、この文庫を角川書店の栄ある事業として、今後永久に継続発展せしめ、学芸と教養との殿堂として大成せんことを期したい。多くの読書子の愛情ある忠言と支持とによって、この希望と抱負とを完遂せしめられんことを願う。

一九四九年五月三日

角川文庫ベストセラー

伊豆 下賀茂で死んだ女　西村京太郎

伊豆下賀茂のテニスコートで、美人プロテニス選手の殴殺死体が発見された。直後、コーチ、大会スポンサー社長と連続して惨殺され、そのすべての現場には何故か「メロン最中」が残されていた……。

急行アルプス殺人事件　西村京太郎

坂口刑事は急行「アルプス」で移動中、車の炎上を目撃する。乗務員と協力して車中の女性を助け出すが、女性は間もなく死亡。やがて乗務員が殺されていき……十津川の推理が冴える傑作鉄道ミステリ集！

殺人者は西に向かう　西村京太郎

身寄りのない老人が亡くなった際、有料で遺品を回収する遺品整理会社。その従業員が死体で発見された。十津川警部が遺品の主の身辺を洗うと、岡山で殺人が起こっていたことがわかる。そして第3の殺人が。

仙台青葉の殺意　西村京太郎

仙台で病死した食品会社の社長・田中の手帳になぜか十津川の名が残されていた。手帳を巡って繰り返される殺人事件。事件の脚本を書いたのは誰か？　厚いヴェールに覆われた真相に、十津川警部の推理が迫る！

特急「ゆうづる3号」の証言　西村京太郎

一人旅を楽しんでいた三浦あや子は田沢湖で青年実業家・田代の車に拾われる。しかし、車中で乱暴されてしまう。そのとき傍らの線路を特急「ゆうづる3号」が通過した……。鉄道ミステリー集！

角川文庫ベストセラー

中央線に乗っていた男　西村京太郎

鑑識技官・新見格の趣味は、通勤電車で乗客を観察しスケッチすること。四谷の画廊で開催された個展を十津川警部が訪れると、新見から妙な女性客が訪れたことを聞かされる――十津川警部シリーズ人気短編集。

殺人偏差値70　西村京太郎

大学入試の当日、木村が目覚めると試験開始の20分前。どう考えても間に合わないと悟った木村は、大学に「爆破予告」電話をかける。まんまと試験開始時刻を遅らせることに成功したが……。他7編収録。

東京ミステリー　西村京太郎

江戸川区内の交番に勤める山中は、地元住民5人と一緒に箱根の別荘を購入することに。しかし別荘に移ったしばらく後、メンバーの1人が行方不明になってしまう。さらに第2の失踪者が――。

十津川警部
神話の里殺人事件　西村京太郎

N銀行の元監査役が「神話の里で人を殺した」と遺書を残して自殺した。捜査を開始した十津川警部は、遺書に書かれた事件を追うことに……日本各地にある神話の里は特定できるのか。十津川シリーズ長編。

十津川警部
三河恋唄　西村京太郎

左腕を撃たれた衝撃で、記憶を失ってしまった吉良義久。自分の記憶を取り戻すために、書きかけていた小説の舞台の三河に旅立つ。十津川警部も狙撃犯の手がかりを求め亀井とともに現地へ向かう。